DU MÊME AUTEUR

Aux Éditions Gallimard

UN HOMME EFFACÉ, roman, 2013, (« Folio » n° 5829). Prix Goncourt du premier roman. Prix Landerneau Découvertes.

L'ASCENDANT

ALEXANDRE POSTEL

L'ASCENDANT

roman

nrf

GALLIMARD

JEUDI 30 AVRIL

Vous autres gens méthodiques, il vous faut toujours un début. « En commençant par le commencement, avez-vous insisté, retracez le chemin qui vous a conduit (et vous avez hésité, par délicatesse ? sur le choix des deux derniers mots) jusqu'ici. » Seulement, c'est toujours un début différent qui me vient en mémoire. Le jour où j'ai décidé de ne plus vivre chez mon père. Le jour où j'ai fait la connaissance de Marion. Le jour où je n'ai pas dit quelque chose que j'aurais dû dire – mais quel jour était-ce, et qu'aurais-je dû dire ? Aujourd'hui, c'est du 30 avril dernier que je me souviens.

C'était un jeudi et je travaillais : les bras croisés, assis sur un tabouret surélevé, j'attendais qu'un client pousse la porte de PHONE SWEET PHONE. Franck me parlait de ses projets pour le week-end du 1er mai. Il allait avec femme et enfants chez ses parents, à la campagne : il se réjouissait de retrouver père et mère, frères et sœurs, neveux et nièces, et il évoquait la blanquette de veau que cuisinerait sa mère tandis que tout le monde irait dans les bois cueillir du muguet.

Il m'a demandé si j'avais de mon côté prévu quelque chose. Des trois jours à venir, je me faisais une image assez précise : télévision, bières, jeux vidéo et, sur un convertible que nous ne nous donnerions pas la peine de convertir, Marion. Mais il me paraissait inutile de communiquer ces détails à mon supérieur hiérarchique et je me suis contenté d'un geste vague. Franck a souri : je n'étais, s'est-il rappelé, « pas très famille ». Lui non plus ne l'était guère quand il avait mon âge : ça venait avec le temps, prétendait-il, ça finissait toujours par venir. D'un coup de reins j'ai fait pivoter mon tabouret et nous avons parlé d'autre chose.

Mon téléphone a sonné un peu avant midi et j'ai dû sortir pour répondre parce qu'à l'intérieur les communications passaient mal – c'était d'ailleurs entre Franck et moi un sujet de plaisanterie, cette insuffisance du réseau dans une boutique dédiée à la vente de téléphones mobiles. Et c'est sur le trottoir du boulevard que j'ai appris la nouvelle.

Votre papa avait rendez-vous à la banque, m'a expliqué le médecin après s'être présenté. Il a perdu connaissance. On l'a conduit à l'hôpital où il est décédé une heure après son arrivée, à onze heures vingt. Un scanner a révélé une hémorragie cérébrale consécutive à la rupture d'un anévrisme.

Le corps reposait à la chambre mortuaire de l'hôpital. Il fallait que je songe à apporter une pièce d'identité si je voulais récupérer le certificat de décès et les affaires de mon père. Et puis j'allais devoir prévenir les autres membres de ma famille, a conclu le médecin en me souhaitant bon courage. Je lui ai dit qu'il n'y avait que moi. De nouveau mais sur un autre ton, comme s'il prononçait des mots entièrement différents, le médecin m'a souhaité bon courage. Je l'ai remercié, un peu trop (après tout ce n'était pas une faveur qu'il venait de m'accorder), avant de couper la communication.

Les marronniers du boulevard étaient en fleur ; comme il avait plu le matin même, quelques pétales tombés à terre formaient sur le bitume des taches blanches et roses auxquelles se mêlaient des mégots écrasés. Chaque fois que je repense à la mort de mon père, la première image qui me vient à l'esprit, la plus nette, la plus intime, ce n'est pas le visage aperçu plus tard dans la chambre mortuaire, ce sont ces fleurs de marronnier, spongieuses, blanchâtres, défraîchies, aux étamines recourbées comme de longs cils de femme. Je ne sais pas combien de temps je suis resté sur le boulevard. J'ai fini par retourner vers la boutique : un livreur à motocyclette, qui roulait sur le trottoir, a dû klaxonner pour que je m'écarte de sa trajectoire.

J'ai annoncé la nouvelle à Franck qui a posé la main sur mon épaule en murmurant qu'il ne savait pas quoi dire. Puis il m'a demandé si mon père était malade. J'ai répondu qu'à ma connaissance il était en bonne santé et Franck a eu l'air effondré. Comme je ne voulais pas qu'il se mette à pleurer j'ai abordé la question des jours de congé. Il m'a donné deux jours en plus du week-end, ce qui me laissait jusqu'au mercredi matin.

J'ai pris le train de treize heures trente-trois, ce train qui se traînait, de préfecture en sous-préfecture, toujours à moitié vide, jusqu'à seize heures cinquante-huit. Dès les premières minutes, des têtes autour de moi se sont affaissées, fauchées par le sommeil. J'essayais de résister à la torpeur qui me gagnait. Il me semblait que c'était défendu à un homme qui vient de perdre son père.

Un bruit m'a fait rouvrir les yeux que j'avais, sans le savoir, fermés. De l'autre côté de l'allée centrale un homme a ramassé le stylo qu'il venait de faire tomber. Puis il a repris sa besogne : des copies à corriger. Son stylo survolait les feuilles et parfois s'abattait dessus avec la vitesse, la précision d'un oiseau de proie. Dictée, test de verbes irréguliers, questionnaire sur la reproduction des fougères, la pollinisation du marronnier ? Un de ces exercices qu'on corrige sans la moindre hésitation, comme on établirait une contravention.

Une montre était posée à côté du paquet de copies. Le professeur, de temps à autre, y jetait un coup d'œil décidé. Je n'aimais pas sa manière de respirer. Puissant, profond, régulier, son souffle avait quelque chose d'idéal. On aurait dit qu'il respirait *exprès*, consciencieusement, comme un athlète. Nous avions à peu près le même âge ; il me semblait plus vieux pourtant. Plus mûr, aurait corrigé mon père.

Dans notre voiture, une femme téléphonait, bavarde, indiscrète. Lever les yeux au ciel, soupirer, secouer la tête, chercher du regard une complicité que je ne lui ai pas accordée, le professeur a fait tout cela et plus encore – madame, a-t-il fini par demander, voulez-vous bien poursuivre votre conversation dans l'espace prévu à cet effet ? Mon père n'aurait pas agi autrement. Je me serais contenté d'augmenter le volume de la musique dans mes écouteurs.

J'ai refermé les yeux. L'énergie qui m'avait été nécessaire pour annoncer la nouvelle à Franck, pour préparer ma valise, pour me rendre à la gare et tout simplement pour rester concentré n'était plus là. Un amollissement me gagnait. Tout coulait dans ma tête, des images, des bribes de phrases, un flux que je n'arrivais pas à interrompre, comme si ma mémoire s'était détraquée. Je revoyais mon père remplir les mots croisés dans le journal dont il tournait les pages après s'être humecté l'index au contact de la lèvre inférieure. Je l'entendais déclarer que le bourgogne, c'était du vin de sauce. Que pour rien au monde il ne raterait une étape du Tour de France. Les mangues, les kiwis, quand il était petit, personne ne mangeait ces fruits-là. Avant ma naissance, avec ma mère, ils partaient faire du camping sauvage. Sur une photo qui datait de son service militaire, il avait les oreilles écartées. Ses longues mains osseuses qu'il agitait souvent devant lui, du geste agacé dont on chasse une mouche.

Le professeur s'était plongé dans la lecture d'un livre qui lui arrachait de brusques éclats de rire – un rire sonore, un peu obscène, qui m'a fait rouvrir les yeux. J'avais mal à la tête. J'ai détourné le regard vers la vitre. La vue était bouchée par le talus du déblai où filait la voie ferrée. À peine parvenait-on à distinguer, en levant les yeux, des troncs de peupliers que la vitesse rendait semblables aux barreaux d'une prison.

Et tandis que la voie ferrée, remontant le cours de la Loire puis de l'Allier, cheminait lentement vers le centre du pays – Nevers, Moulins-sur-Allier, Saint-Germain-des-Fossés,

Vichy –, je me souvenais de mon précédent voyage sur cette ligne. Le paysage était couvert de neige ; j'étais assis dans un compartiment désert. C'était le 25 décembre. Je rentrais plus tôt que prévu. Cela faisait deux ans que je n'avais pas vu mon père et j'avais décidé de passer Noël en sa compagnie. Comme il parlait, le soir de mon arrivée, d'aller chercher une bouteille de vin à la cave, j'avais proposé de le faire à sa place. En fixant sur moi ses yeux de reptile il avait murmuré que, Dieu merci, il était encore capable de descendre un escalier, qu'il avait plus d'autonomie que les engins que je vendais à longueur de journée. Puis il m'avait accusé, en termes voilés, de convoiter ses bonnes bouteilles. C'était devenu depuis la mort de ma mère une sorte d'obsession. Il portait même autour du cou la clef de la porte qui conduisait à l'escalier de la cave. J'essayais de ne pas m'en formaliser, ayant lu sur Internet que la perte d'un conjoint, l'isolement, le vieillissement pouvaient provoquer chez le survivant des « troubles du comportement », des « manies ».

À ce premier incident en avaient succédé d'autres, le pain que j'avais acheté trop cuit, le lave-vaisselle que j'avais rempli d'assiettes qui ne se lavent qu'à la main, le thé que j'avais laissé infuser trop longtemps. J'avais fini par conclure que ma présence n'était pas désirée. Et deux jours après mon arrivée j'étais reparti, le laissant avec la dinde aux marrons surgelée qu'il me reprochait d'avoir choisie trop petite – il prévoyait toujours les quantités comme si nous étions encore trois. Nous ne nous étions ni vus ni reparlé depuis.

Le train est arrivé avec dix minutes de retard. Dès mes premiers pas sur le quai de la gare, j'ai éprouvé cette sensation d'écrasement que provoquait la proximité, à l'ouest, des volcans. Ils semblaient, en cette saison, couverts de velours vert comme un tapis de cartes. Ces volcans qu'on disait endormis répandaient dans l'atmosphère quelque chose de leur engourdissement : j'avais toujours eu l'impression, en rendant visite à mon père, d'entrer dans le pays de la Belle au bois dormant.

L'hôpital était à dix minutes de marche de la gare. Il suffisait, m'a indiqué le buraliste auquel j'ai demandé mon chemin, de suivre la rue de la Libération jusqu'au rond-point où s'élevait une statue en l'honneur d'un militaire dont il avait oublié le nom, puis de prendre la première à gauche. La rue de la Libération était bordée, de part et d'autre, de petites maisons à deux étages, aux volets clos, aux façades grises. Quelques-unes étaient à vendre. À cause de l'étroitesse du trottoir et des voitures qui mordaient dessus pour se garer, j'avais beaucoup de mal à faire rouler la petite valise que j'avais emportée, et – j'ignore pourquoi – cela me contrariait beaucoup.

Quand je me suis présenté à l'hôpital une jeune femme m'a conduit jusqu'à la chambre mortuaire. On y accédait en traversant une cour plantée de marronniers où un convalescent en pyjama marchait d'un pas mal assuré au bras d'un homme plus jeune. À l'entrée de la chambre mortuaire un homme en blouse blanche m'a demandé ma carte d'identité. Quelques minutes plus tard est arrivé le médecin qui m'avait appelé dans la matinée. Il a pris mes mains dans les siennes et m'a assuré que mon papa n'avait pas souffert. Au téléphone, déjà, il avait dit « votre papa ». Y avait-il dans ma voix, dans mon allure, quelque chose qui le poussait à me parler comme à un petit garçon ? Peut-être s'adressait-il ainsi à tout le monde.

Il a tenu à m'accompagner. Les services de l'hôpital, m'a-t-il indiqué, s'étaient chargés du maquillage. De nouveau je l'ai remercié comme s'il m'avait accordé une faveur et pour la troisième fois de la journée il m'a souhaité bon courage. Nous sommes entrés dans une petite salle faiblement éclairée. Le corps était là, sur un brancard.

La coiffure inhabituelle à cause des cheveux rabattus vers l'arrière, le teint grisâtre, les lèvres un peu pincées, la tunique bleu ciel dans laquelle le corps semblait perdu, j'ai remarqué tous ces détails mais ce que j'ai vu avec le plus de netteté, étrangement, c'est ce que je ne pouvais pas voir, c'est ce que cachaient les paupières closes et que je ne verrais plus – les yeux de mon père. Ses yeux verts qui viraient au jaune à la lumière du soleil. La fixité, l'attention de ce regard où il n'y avait pas de place pour ce que mon père appelait « des sensibleries » ; un regard clair, aigu, face auquel je m'étais toujours senti transparent.

Le médecin était reparti sans que je m'en aperçoive. L'homme en blouse blanche m'a remis le certificat de décès et il m'a expliqué que j'allais devoir présenter ce document à la mairie – mais pas maintenant, a-t-il ajouté après un coup d'œil à sa montre, maintenant c'était fermé, et demain aussi, à cause du 1er mai. Samedi matin, il fallait absolument que je passe à la mairie samedi matin pour obtenir un acte de décès, j'en aurais besoin pour l'organisation des obsèques, la clôture des comptes bancaires, la mutuelle, la retraite... Il a fait de la main un geste qui suggérait qu'il y en aurait beaucoup, des formalités de ce genre. J'ai dit que c'était bien noté, que je passerais à la mairie dès le lendemain matin. Doucement, en me prenant par le bras (il savait qu'on a tendance à oublier ces choses-là dans ces cas-là), il m'a rappelé que demain tout serait fermé à cause du 1er mai.

Il m'a remis, dans un sac en plastique, les vêtements de mon père. Il y avait aussi quelques objets rassemblés dans une pochette : la clef de la maison – cette maison où il avait emménagé après la mort de ma mère et où je n'avais jamais passé plus de quelques jours ; un portefeuille ; un téléphone portable ; et, attachée à un ruban de soie vert, une autre clef. La clef de la cave, celle qu'il portait toujours autour du cou. En découvrant cette clef où se résumait une existence solitaire et méfiante, en sentant sous mes doigts le ruban qui s'était élimé au contact quotidien de la nuque, en flairant son odeur absolument identique à celle dont était imprégné le col d'une chemise que mon père m'avait donnée autrefois – un reste de transpiration s'y mêlait aux senteurs citronnées d'une eau de Cologne –, en imaginant le geste qui avait permis de faire glisser le ruban dans l'anneau de la clef (les sourcils froncés par l'attention, la langue légèrement tirée vers la commissure gauche), j'ai eu un étourdissement : c'était comme si le corps vivant de mon père venait de passer, fugitivement, près de moi. J'ai signé un papier attestant qu'on m'avait remis les « effets » de mon père.

À mon arrivée dans la maison je me suis servi un verre d'eau à la cuisine. Tout était net, propre, rangé. À côté de l'évier, sur un égouttoir, la vaisselle du matin : une tasse, une assiette, un couteau rond, un coquetier, une petite cuillère. Pas une miette sur la table. Par la fenêtre entrait une lumière de fin d'après-midi, rasante, qui permettait de distinguer sur la toile cirée la trace du coup d'éponge que mon père avait passé après le petit déjeuner. Le journal du matin, replié avec soin, était posé sur le plan de travail. J'ai mangé une banane.

En jetant la peau dans la poubelle j'ai aperçu, sous les coquilles d'œuf et le marc de café, un carton de pâtisserie. À l'intérieur se trouvaient deux caissettes en papier sulfurisé, de forme oblongue, maculées par endroits d'un peu de crème brune. Je n'ai pas eu besoin de goûter la crème pour savoir qu'il s'agissait d'éclairs au café. Mon père en avait toujours raffolé.

C'était pour ainsi dire une consolation de savoir qu'il avait mangé un éclair la veille de sa mort. Et même deux, à en juger par le nombre de caissettes. À moins qu'il n'ait reçu de la visite, une amie peut-être ? Il avait toujours été, sur ce point, d'une extrême discrétion. Je n'aurais pas été surpris pourtant, c'était dans l'ordre des choses. Veuf à cinquante ans…

J'ai replacé le carton dans la poubelle et je suis monté à l'étage. Après un moment d'hésitation j'ai décidé de m'installer dans sa chambre plutôt que dans la chambre d'amis.

Étalés sur le lit, un pantalon noir, une chemise bleu ciel, un pull noir à col V. Mon père avait dû essayer cette tenue avant de changer d'avis. Parmi les « effets » qu'on m'avait remis à l'hôpital se trouvait une veste. Je l'imaginais devant la glace, veste, pas veste ? La banque l'avait toujours intimidé. Il avait plutôt bien gagné sa vie mais quelque chose, une peur, devait lui rester de ses premières années, de l'époque où les demandes de prêt étaient systématiquement refusées. Il ne fallait pas déplaire à ces gens-là, ne pas faire tache, il valait mieux mettre une veste. Même à soixante-huit ans il fallait en passer par là, les tenues essayées devant la glace, les tergiversations de dernière minute, avec le dos moite et les doigts qui tremblent un peu, à cause du café, en boutonnant la chemise.

Je me suis allongé sur le lit, les bras croisés derrière la tête. Le soleil couchant mettait dans la pièce une lumière dorée, liquoreuse, qui pénétrait les fibres de la moquette et la toile de verre tendue aux murs. Je me rappelle avoir pensé qu'avec son exposition avantageuse, sa propreté impeccable, son emplacement – un quartier résidentiel plutôt aisé à cinq minutes du centre d'une de ces villes paisibles où la nuit les gens dorment – la maison se vendrait sans difficulté, du moins plus facilement que celles de la rue de la Libération. Je n'avais aucune intention de la garder.

J'ai vidé le portefeuille de mon père mais je n'y ai rien trouvé d'intéressant. Puis j'ai manipulé son téléphone portable. Sa liste de contacts était insignifiante. J'étais l'auteur de la plupart des messages qu'il avait reçus.

Il les avait tous conservés.

Je relisais mes phrases rares, paresseuses, répétitives, si ternes qu'on aurait pu les croire issues d'un logiciel :

Tout va bien. Je t'embrasse.
Ça va ? Je t'embrasse.
Bon anniversaire ! Je t'embrasse.

La lecture m'en était d'autant plus pénible que c'était moi qui avais exigé qu'il se procure cet appareil. Cela nous permettrait de communiquer davantage, lui avais-je expliqué. Il avait répété, sur un ton fatigué : « communiquer ».

Aucune trace de liaisons féminines. Depuis Noël seul son opérateur lui envoyait tous les quinze jours des SMS pour lui signaler l'existence d'options insoupçonnées. J'ai reposé le téléphone sur la table de nuit, à côté de la photographie en noir et blanc de ma mère. J'ai passé la main sur le visage, comme pour lui fermer les yeux, comme si elle venait de mourir une seconde fois.

Sur le boutis écru qui recouvrait le lit, le ruban de soie vert attirait mon regard. J'ai pensé qu'il était l'heure de prendre un petit remontant. Ouvrir une de ses fameuses bouteilles me semblait une bonne manière d'honorer la mémoire de mon père. Malgré l'envie de dormir qui commençait à me gagner je suis redescendu au rez-de-chaussée.

L'escalier de la cave était plongé dans l'obscurité. Le peu de lumière qui filtrait du couloir par le battant entrouvert de la porte me permettait à peine de distinguer la première marche. À quelques centimètres du montant de la porte mes doigts ont rencontré un interrupteur que j'ai, plusieurs fois, actionné sans succès. J'allais renoncer à mon projet quand j'ai remarqué, dans l'encoignure que la paroi de la cage d'escalier formait avec le mur de la porte, une lueur à peine perceptible. C'était, posé sur une petite étagère d'angle, un bocal en verre où se reflétait faiblement l'éclairage du couloir. À l'intérieur du bocal, des bougies ; à côté, une boîte d'allumettes et un bougeoir en laiton dans lequel était plantée une bougie à demi consumée que j'ai allumée. D'un pas prudent – les marches étaient étroites et hautes –, je me suis engagé dans l'escalier.

J'avais descendu trois marches quand j'ai entendu un bruit venu d'en bas. Un rat ? Il était trop tard pour renoncer. En arrivant au pied de l'escalier, j'ai deviné à cinq ou six mètres de moi une grande masse sombre qui ne ressemblait à rien. J'étais si crispé que je ne pouvais plus tenir correctement le bougeoir. Je me suis accroupi pour le poser au sol. Et j'ai avancé, mais lentement, vers le fond de la cave.

Peu à peu je suis parvenu à distinguer les contours d'une cage grillagée. Et comme on découvre au mur, soudain, une araignée dont on n'avait pas remarqué la présence, j'ai aperçu un visage que la surprise, la peur avaient figé à ma vue. Ce visage terrifié était terrifiant. J'ai reculé. Je ne voyais plus rien. Je n'osais plus m'approcher.

J'ai bégayé quelques mots, le commencement d'une question, mais je ne savais pas quoi demander parce qu'il y avait tout à demander, tout à comprendre, et je me suis tu.

Des sons me parvenaient de la cage. Ils n'exprimaient ni la frayeur ni le désordre, plutôt les mouvements calmes, précis, d'un être qui vaque à ses occupations.

J'ai sorti mon téléphone de ma poche. Marion avait essayé de m'appeler deux fois. J'ai composé le numéro de la police. Mais il n'y avait pas de réseau dans la cave et l'appel a échoué.

C'est alors que j'ai entendu le bruit. Un bruit régulier, en provenance de la cage. Il m'a semblé que c'était quelque chose qui heurtait le grillage. Plus que la découverte de la cage, plus que le visage aperçu dans la pénombre, cet appel métallique, insistant, impersonnel, semblable au tic-tac d'une horloge, m'a épouvanté.

J'ai couru vers l'escalier en renversant sur mon passage le bougeoir que j'avais laissé par terre. La bougie s'est éteinte et j'ai poursuivi ma course dans le noir complet. Mon pied a buté contre la deuxième contremarche. Par réflexe j'ai jeté les mains vers l'avant, ce qui m'a évité de me casser les dents, mais mon genou droit a percuté de plein fouet l'arête de la marche inférieure. La douleur, amplifiée par la panique, m'a arraché un gémissement. J'ai dû ramper jusqu'en haut de l'escalier. Et tout au long de mon ascension, l'appel métallique retentissait toujours, se confondait avec le battement intérieur de ma tête, comme si c'était ma cervelle qu'on frappait à coups de marteau.

Arrivé sur le palier, j'ai verrouillé la porte à double tour et je suis monté, péniblement, jusqu'au premier, sans autre but que de m'éloigner le plus possible de la cave. J'aurais pu tout aussi bien sortir de la maison, je m'en rends compte à présent, appeler au secours, sonner chez un voisin, mais l'idée ne m'a pas traversé l'esprit, pas plus que dans un cauchemar on ne se dit : et si je me réveillais ? En fouillant le placard de la salle de bains à la recherche de quelque chose, n'importe quoi, pour calmer la douleur, j'ai découvert une boîte d'anxiolytiques. C'était surprenant parce que mon père prétendait se méfier de ces choses-là, « des saloperies » disait-il – mais que savais-je de lui, que savais-je ?

La boîte précisait : COMPRIMÉS SÉCABLES 1 MG. J'en ai avalé deux, j'ai regagné la chambre et je me suis jeté sur le lit sans retirer mes chaussures. Là, j'ai voulu rappeler la police mais je n'arrivais pas à mettre la main sur mon téléphone, que j'avais dû laisser tomber dans la cave. Était-ce l'anxiolytique qui commençait à faire effet ? Je n'avais pas la force de retourner le chercher. Je me sentais vidé de toutes mes forces, je ne sentais plus que mon corps qui s'enfonçait dans le matelas. Et le plafond, au-dessus de moi, me semblait très haut, très lointain. Je luttais ; il fallait appeler la police ; après seulement, je pourrais dormir aussi longtemps que je le voudrais. Je me suis souvenu que le téléphone de mon père était posé sur la table de nuit. J'ai tendu le bras, mes doigts ont rencontré quelque chose et j'ai entendu le choc, amorti par la moquette, d'un objet qui tombe. Tant pis pour le téléphone.

C'était peut-être mieux ainsi : j'avais eu tort de croire que je pourrais me reposer après avoir prévenu la police. Au contraire, ils ne me laisseraient pas une minute ; ils me harasseraient de questions, inlassablement, pendant les prochaines vingt-quatre heures. Je connaissais leur façon de procéder. Il valait mieux reprendre des forces avant de les affronter, d'autant que les choses pouvaient mal tourner : plus d'un innocent, on le sait, a avoué des crimes atroces par manque de sommeil, parfois par simple lassitude. J'ignorais quelles idées leur viendraient à l'esprit en écoutant mon témoignage, mais j'étais certain qu'elles seraient tordues. Les deux comprimés que je venais d'avaler me rendaient inapte à subir un interrogatoire serré, à déjouer les pièges qu'on chercherait à me tendre. Après une nuit de repos mes réponses seraient plus précises et mon esprit plus affûté.

J'étais certain d'avoir pris la bonne décision et je me sentais soulagé. Les événements paraissaient situés à une distance convenable de ma personne. Je respirais de nouveau, comme si j'étais parvenu à repousser par la seule force de mes bras les murs d'une pièce trop étroite. Et mon souffle, à chaque inspiration, se faisait plus profond.

C'est un rêve qui m'a réveillé. Je m'étais acheté un lapin, si petit qu'il tenait dans un étui à lunettes. Je le prenais en main pour le caresser. Le lapin apeuré se débattait. Ce n'était plus un lapin mais une espèce de ver. Un ver rapide, puissant, blanc, avec des crocs acérés, qui cherchait – c'était à n'en pas douter son intention – à s'introduire dans ma bouche, à me dévorer de l'intérieur. De toutes mes forces je luttais pour le repousser dans son étui. Et du fond de mon angoisse surgissait une voix d'enfant, geignarde et raisonneuse, une voix qui n'était ni tout à fait la mienne ni celle d'un autre et qui demandait : *mais pourquoi fallait-il que tu achètes ce lapin ?*

Il était presque trois heures du matin. J'avais très faim, n'ayant dîné que d'une banane. Je me suis levé, j'ai enfilé la robe de chambre de mon père et je suis descendu en boitillant à la cuisine. Tout ce qui ne nécessitait aucune préparation, je l'ai mangé : des lamelles de fromage sur des tranches de pain industriel, un reste de poulet froid, une autre banane. J'avais encore faim. J'ai trouvé dans le placard un paquet de céréales, intact, que j'avais acheté lors de mon précédent séjour. Je m'en suis servi un bol, puis un autre, et encore un autre, avec du lait. Le bruit de la mastication me tenait compagnie. Je fixais des yeux, sans penser à rien, la chaise vide en face de moi. Ces chaises à fond de paille, je les connaissais depuis toujours. Elles étaient déjà là, je les fixais du même regard endormi en mangeant d'autres céréales, dans une autre maison, dans une autre ville, avant de partir pour l'école.

Puis je me suis souvenu de la cave et j'ai perdu mon appétit. Ouvrir la porte, allumer une bougie, descendre l'escalier, ramasser mon téléphone, récupérer le bougeoir, j'ai accompli tous ces mouvements aussi doucement que possible.

Je me suis avancé vers la cage. La base dessinait un rectangle d'environ quatre mètres sur trois. À mesure que la flamme de la bougie éclairait l'obscurité je parvenais à distinguer quelques détails. Une table basse sur laquelle était posé un plateau-repas. Dans un angle un bloc sanitaire en inox, qu'un tuyau passant à travers le grillage raccordait à la colonne de chute des eaux usées. À l'angle opposé, à côté d'un petit radiateur électrique, un lit de camp dont je me suis approché, une main tendue devant la bougie pour en atténuer l'éclat : en voyant ma paume dorée par la lueur de la flamme, comme dans un vieux tableau, il m'a semblé que c'était une autre main que la mienne.

Sous un drap de velours vert qui couvrait à demi son corps vêtu d'un survêtement rouge, une jeune femme endormie. Elle était étendue sur le dos, la tête entièrement tournée du côté gauche, ce qui faisait saillir, à la base du cou, un tendon. Quelle puissance lui plaquait la joue contre l'oreiller, quelle menace cherchait-elle à esquiver ? J'ai considéré le profil offert à mes regards. La peau était sombre, tirant sur l'ocre, le nez court et droit, le front étroit. Une mèche de cheveux noirs, échappée de sous l'oreille, dessinait un méandre qui serpentait jusqu'à la pommette. Les lèvres entrouvertes, légèrement affaissées, formaient une moue humide. La paupière était immobile, comme scellée par le sommeil ; un froncement contractait les sourcils. Seize ans, dix-huit, vingt ? J'ai toujours eu du mal à déterminer l'âge des jeunes femmes.

Un bruit m'a fait retourner. C'était, dans un recoin de la cave, un réfrigérateur qui bourdonnait. Je suis allé l'ouvrir en me plaçant devant l'entrebâillure de la porte afin d'occulter la lumière émise par l'appareil : ainsi la dormeuse ne serait pas gênée. Sur les rayons, des boîtes de plats cuisinés, des yaourts, des compotes de fruits. Au-dessus du frigidaire, un four à micro-ondes. Je suis revenu vers la cage et je me rappelle avoir murmuré tout bas, assis par terre : « Qu'est-ce qui se passe ici ? Est-ce que quelqu'un peut m'expliquer ? » Et c'était étrange parce que ces phrases qui couraient sur mes lèvres comme les paroles d'une prière, je les prononçais avec détachement. On aurait dit qu'il entrait dans mon rôle de me poser ces questions mais que je ne souhaitais pas vraiment en connaître la réponse, ou que celle-ci s'était déjà imposée à moi avec l'évidence du désastre.

Du bout du pied j'ai heurté le grillage et le sommeil de la dormeuse s'est troublé. Des mots que je ne comprenais pas, des mots informes sont sortis de sa bouche par bribes saccadées, tandis que brusquement elle se dressait sur son séant. Elle répétait avec un affolement croissant, de plus en plus vite, les mêmes paroles incompréhensibles ; ses yeux grands ouverts ne me voyaient pas, ne voyaient rien que ce qu'ils croyaient voir. Aux paroles a succédé une plainte inarticulée. Enfin la dormeuse, enroulée dans le drap qui gênait ses mouvements, s'est mise à se débattre avec l'énergie d'un poisson pris à l'hameçon. Je ne savais pas quoi faire et j'ai dit que tout allait bien, qu'il n'y avait rien à craindre. Immédiatement apaisée elle a bredouillé quelques paroles confuses et elle s'est rendormie dans l'instant – ou plutôt faudrait-il dire, puisqu'elle ne s'était jamais éveillée, que son sommeil a repris un cours moins agité.

Pavor nocturnus, terreur nocturne. Je n'en avais jamais vu les manifestations. Pourtant le phénomène m'était familier puisque j'en étais moi-même affligé. C'est du moins ce que prétendait une femme chez qui j'avais vécu quelques mois, vers vingt ans. « Un zombie, disait-elle à propos de mes épisodes nocturnes ; tu as toujours été pareil ? » Je savais seulement qu'il m'était arrivé quelquefois de me retrouver debout dans ma chambre, en nage, la lumière allumée, au cœur de la nuit. C'était tout ce que je pouvais lui raconter. Ça avait l'air de l'amuser. C'était une drôle de femme. Elle avait douze ans de plus que moi, vivait dans un grand appartement, était enseignante et voulait un enfant. Moi, à l'époque, je lisais des bandes dessinées et je voyais deux films par jour. Bien des portes étaient alors ouvertes qui se sont depuis, l'une après l'autre, fermées. Et d'autres se sont ouvertes dont je ne soupçonnais pas l'existence. Celle de PHONE SWEET PHONE par exemple. Celle de la cave.

La dormeuse était tout à fait tranquille à présent. J'ai suivi des yeux le gonflement régulier de sa poitrine sous la couverture de laine et je me suis mis à bâiller. Il était temps d'aller me recoucher. En remontant l'escalier j'ai observé que les murs étaient plaqués de plâtre et que la porte de communication avec le rez-de-chaussée était capitonnée. Je me suis souvenu que le précédent propriétaire était un musicien qui avait aménagé la cave afin de pouvoir y jouer à toute heure sans déranger son entourage ni le voisinage. Insonorisation, isolation thermique, ventilation mécanique, il avait tout ordonné avec le plus grand soin. C'est avec une sorte de fierté que mon père avait prononcé le mot « musicien » lorsqu'il m'avait parlé pour la première fois de la maison. Il avait l'air de croire que, dans la demeure d'un artiste, sa vie serait plus belle.

De retour dans la chambre, étendu sur le lit, je me suis dit que cela expliquait beaucoup de choses et entre autres que j'aie pu ne rien remarquer lors de mes précédentes visites. Mais la jeune femme était-elle déjà là ? Depuis combien de temps était-elle enfermée ? Comment cela avait-il pu se produire ? Pourquoi mon père… ? Sitôt que je m'efforçais de répondre à ces questions un autre problème s'imposait à moi, plus urgent : que faire ? comment présenter les choses à la police ? Admettrait-on, au commissariat, que j'aie pu ne me rendre compte de rien ? Alors je m'interrogeais sur la conduite à suivre, mais la première série de questions revenait couper le fil de mes réflexions : depuis quand, comment, pourquoi ? C'était comme si j'avais deux voix dans la tête, et mon attention allait et venait de l'une à l'autre sans parvenir à en faire taire aucune. Je me sentais comprimé entre un passé inexplicable et un avenir incertain, le présent n'existait plus, je n'existais plus.

Impossible de m'endormir. J'avais chaud, j'avais froid. Je me roulais d'un bord à l'autre du lit dans l'espoir d'y trouver la fraîcheur et le calme, et mes narines croyaient flairer dans les draps que j'avais pourtant changés l'odeur de mon père, ce mélange d'agrumes et de transpiration.

Et l'éclairage, pourquoi ne fonctionnait-il pas ? Le musicien avait dû y veiller pourtant. S'agissait-il d'un court-circuit, d'une ampoule grillée, ou mon père préférait-il, par honte ou goût de l'ombre, évoluer à la lueur incertaine d'une bougie ?

Le réveille-matin indiquait quatre heures quarante-huit. J'ai hésité à prendre encore un anxiolytique. C'était plutôt un somnifère qu'il m'aurait fallu.

C'est le réveil des oiseaux qui m'a permis de m'endormir enfin ; le pépiement des oiseaux, au petit matin, dans les arbres plantés sur le trottoir. En d'autres circonstances, ce bruit m'aurait tiré du sommeil au lieu de m'y plonger, mais il en émanait ce matin-là une espèce de réconfort. Certaines choses ne changeraient jamais, certaines choses seraient là toujours, perpétuellement présentes. Le souvenir m'est venu de moments semblables, lorsqu'il m'arrivait, enfant, de dormir à la campagne, chez mes grands-parents maternels. Je me rappelais en particulier une tourterelle dont l'appel, se détachant du gazouillis des autres oiseaux, perçait le jour naissant d'une note tendre et obstinée.

VENDREDI 1ER MAI

Je me suis réveillé vers midi et j'ai su d'emblée – à mon regard figé dans la contemplation du plafond, à la lourdeur de mes jambes, à la confusion de mes pensées – que ce serait une de ces journées qu'on habite comme un corps sans tête. Journées sans matinée ni lendemain, journées qui s'achèvent avant qu'on ait eu le temps d'en prendre possession, journées qui ressemblaient trop à l'image que, parfois, je me faisais de ma propre vie.

Avant d'alerter la police j'ai voulu m'assurer que rien n'avait changé et je suis redescendu à la cave avec le vain désir de n'y trouver que des bouteilles, des outils, une canne à pêche, un parasol de plage et autres objets qui, ordinairement, encombrent le sous-sol des maisons. Mais dès que la lueur de la bougie et le bruit de mes pas ont troublé le silence et l'obscurité, le heurt métallique qui m'avait terrifié la veille a retenti de nouveau. Cette fois-ci je me suis avancé vers la cage. C'était son plateau-repas que la jeune femme cognait contre le grillage. Alors j'ai compris qu'elle n'avait rien mangé depuis plus de vingt-quatre heures.

La nourrir – pourquoi n'y avais-je pas pensé plus tôt ? La stupeur dans laquelle m'avaient plongé les événements de la veille ne suffisait pas à expliquer cette négligence. Je prenais conscience d'une vérité plus fondamentale : je n'arrivais pas à accorder à celle qui se trouvait derrière le grillage la réalité de l'existence. Elle restait une apparition tramée au fond du rêve d'un autre, un rêve où j'étais entré sans le vouloir, ainsi qu'un homme égaré dans un théâtre et qui, soudain, se trouverait sur le devant de la scène, obligé de jouer un rôle qu'il ignore.

Le plateau battait toujours contre le grillage. Je me suis approché, tout en murmurant des paroles d'apaisement que la jeune femme, peut-être, ne comprenait pas (je repensais aux mots inintelligibles qu'elle avait prononcés lors de sa crise). Sur un côté de la cage, à hauteur de mes mollets, j'ai avisé une sorte de passe-plat pivotant qu'on ne pouvait faire fonctionner que de l'extérieur, en déverrouillant au préalable une targette. L'emplacement de ce dispositif, très bas, semblait indiquer qu'il avait été conçu pour des animaux. J'ai considéré de nouveau la cage et l'idée m'est venue qu'il s'agissait peut-être d'un chenil.

Les yeux baissés, la jeune femme a posé le plateau sur le passe-plat que j'ai fait pivoter vers moi. Je suis allé choisir dans le frigidaire un hachis parmentier que j'ai réchauffé au micro-ondes. Sept minutes plus tard je lui faisais glisser le plateau où j'avais disposé, à côté du hachis, un pot de compote et un yaourt. Elle a commencé à manger avec les doigts. Ce spectacle m'était insupportable ; je me suis mis en quête de couverts. Comme pour allumer la bougie, comme pour ouvrir le passe-plat, comme pour préparer le plateau-repas, j'ai dû me mettre à la place de mon père, dans sa tête, dans ses gestes. J'ai fini par trouver, à côté du four, une jarre où étaient rangées quelques cuillères en inox (ni couteaux ni fourchettes : par précaution ?). Mais la captive avait déjà tout mangé.

Je lui ai demandé si elle voulait autre chose et j'ai mimé le geste qu'on fait pour porter une cuillerée à sa bouche. Sans un mot, sans un regard, la jeune femme m'a tourné le dos. Elle rinçait son plateau dans l'évier du bloc sanitaire. Puis elle s'est lavé les dents. Elle avait apparemment des habitudes, un rythme. Je sentais grandir en moi, tout en la regardant, un curieux sentiment de dépossession. Elle était ici chez elle et c'était moi, par une étrange inversion de la situation, qui subissait sa loi ; c'était moi, de nous deux, l'intrus.

J'ai déclaré que j'allais la libérer, que je ne lui ferais aucun mal. J'ai ajouté des mots sans suite, des paroles rassurantes, des promesses. Je lui parlais ainsi qu'on parle aux bêtes, retrouvant des intonations oubliées, et avec ces intonations un souvenir.

Un jour que j'avais insisté ma mère m'avait offert un lapin. Pendant quelques heures je l'avais senti, tiède et palpitant, entre mes mollets ; je murmurais à son oreille les mots tendres que je n'avais plus l'âge de dire à mes parents et que je n'osais pas encore adresser à mes semblables. Le lendemain on m'avait annoncé qu'il s'était échappé. J'en avais conclu qu'il m'avait fui parce que je n'avais pas su lui plaire, et j'en avais conçu de la honte, persuadé qu'il fallait être bien méchant, bien insuffisant pour déplaire à un lapin : commencement de ma vie intérieure. J'ai appris par la suite que mes parents s'étaient débarrassés du lapin qui avait, en une nuit, dévasté le jardin du pavillon de banlieue où nous vivions alors. L'explication, plus vraisemblable que la légende de l'évasion, venait trop tard : mon cœur rejetait cette greffe incompatible avec la vérité qu'il s'était forgée.

Donc j'assurais la jeune femme de sa libération prochaine. Ouvrir la porte de la cage, c'était tout ce qu'il y avait à faire. Encore fallait-il trouver la clef. L'obscurité de la cave ne facilitait pas mes recherches. Je me suis promis de régler au plus vite ce problème d'éclairage, mais il était plus urgent de trouver la clef. Partout, je l'ai cherchée partout, dans la jarre où étaient rangées les cuillères, au-dessus du micro-ondes, à l'intérieur du frigidaire, sur les quelques étagères fixées aux murs – en vain.

J'ai écarté les bras en signe d'impuissance. J'aurais pu pourtant prévenir immédiatement la police. Il était encore temps de faire cesser *la situation* – terme commode, discret, sur lequel je m'appuyais pour désigner le crime dont je commençais à devenir le complice. Mais je n'ai pas prévenu la police, vous le savez, ni à ce moment ni plus tard, les faits sont connus. Un humoriste y a même fait référence dimanche dernier à la télévision, « le vendeur de téléphones qui n'a pas été capable de passer un coup de fil, je vais vous expliquer son problème, c'est tout simple, pas besoin d'aller chercher midi à quatorze heures, il avait pris un abonnement chez Free ! (– ou peut-être chez Bouygues,

Orange, SFR… », a complété, sans doute par crainte de poursuites judiciaires, le présentateur de l'émission).

Pour autant que je sois capable d'expliquer mon comportement, je crois que je tenais à libérer moi-même la jeune femme ; à défaire ce qu'avait fait mon père. Entre lui et moi s'était engagée une étrange partie que je devais conduire à son terme. Je lui demandais où il avait caché la clef, et il y avait dans ma voix l'excitation de la chasse au trésor. C'est à ce moment-là que j'ai commencé à penser que mon père avait fait exprès de me placer dans cette position, qu'il avait voulu me mettre à l'épreuve, me tester.

Je suis remonté dans la chambre et j'ai vidé l'un après l'autre les tiroirs du secrétaire. Parmi ceux-ci, les lettres que nous avions reçues à la mort de ma mère. Qui allait m'écrire, cette fois-ci ? Mon père avait laissé se dénouer toutes ses relations sociales lorsqu'il était devenu veuf. C'est à la même époque que les choses sont devenues difficiles entre nous. Je le tenais pour responsable de ce qui s'était passé, je m'imaginais qu'il n'avait pas su empêcher la mort de ma mère, et je lui en voulais d'autant plus que je me sentais coupable de n'avoir pas fait, moi, ce qu'il fallait. Je refusais de lui parler, de me laver, de me couper les ongles. À dix-huit ans j'avais quitté la maison pour ne plus revenir. Il avait déménagé peu après.

Il n'y avait pas de clef dans le secrétaire, uniquement des papiers. J'ai vidé les autres meubles de la chambre : la table de chevet, la commode, la bibliothèque grillagée. Mais le tiroir de la table de chevet ne renfermait qu'une odeur de vieux bois poussiéreux. Dans la commode étaient empilés des vêtements, du linge, des sachets parfumés à la lavande. Quant au grillage de la bibliothèque, il ne protégeait qu'une vingtaine d'exemplaires du code général des impôts, disposés par ordre chronologique.

La fatigue, la faim me rendaient fébrile. Il m'a semblé sentir des relents du hachis que j'avais fait réchauffer dans la cave, une odeur épaisse, écœurante. Je me suis étendu sur la moquette, au milieu des papiers dispersés.

C'est alors que j'ai remarqué parmi ceux-ci le courrier à en-tête de la maison Scarpia, *Coffres-forts – Armoires fortes – Portes blindées – Divers sécurité.* On y félicitait mon père d'avoir choisi un coffre encastrable qui, espérait-on, lui donnerait toute satisfaction. Une acquisition dont je n'avais jamais entendu parler. Une facture jointe au courrier détaillait les étapes de l'installation : *percement mur côté chambre, piochage cavité 330 mm × 250 mm × 160 mm, fourniture et pose coffre.* Le coffre devait se trouver derrière un meuble puisque je ne pouvais pas le voir. J'ai déplacé le secrétaire, la commode, la bibliothèque : les murs étaient intacts. C'était pourtant précisé sur la facture, *mur côté chambre.*

Il ne restait qu'un seul emplacement possible, à la fois simple et étrange, dont je me suis approché tout en congratulant à mi-voix mon père de sa ruse : derrière la tête de lit. Prolongeant le corps du dormeur, le coffre faisait office de second crâne – crâne caché, chambre froide des rêves, centre secret de cette maison dont l'espace ne cessait depuis mon arrivée d'évoluer, de se creuser, comme si j'avais, en passant la porte d'entrée, actionné un mécanisme occulte.

Après avoir essayé ma date de naissance, celle de mon père et enfin celle de son mariage, j'ai senti céder les pênes de la porte. Mais aucun des trois objets qui se trouvaient à l'intérieur du coffre n'était une clef.

Le premier était le muselet d'un bouchon de champagne, transformé en chaise miniature : la capsule tenait lieu d'assise, l'armature en fil de fer dessinait les quatre pieds et le dossier. Cette petite chaise, je l'avais déjà vue. Mon père la tenait de son propre père, qui l'avait faite lui-même, le jour de ses cinquante ans, après avoir acheté, pour la première fois de sa vie, une bouteille de champagne.

Je songeais rarement à ce grand-père que je n'avais pas connu (il était mort avant ma naissance), et encore moins souvent à la mine où il avait attrapé la silicose. De ces racines souterraines je n'avais aucune conscience. À mes yeux je n'étais que le fils de mon père, agent puis contrôleur des impôts, et j'avais toujours écouté d'une oreille distraite les récits de l'histoire familiale. Mais à présent que mon père avait lui-même rejoint le passé, celui-ci me semblait moins irréel, plus proche. J'étais le prochain sur la liste, le passé devenait mon avenir. Et c'est ainsi qu'en prenant entre mes doigts la petite chaise j'ai pensé à mon grand-père, et je me suis rappelé que c'était le 1er mai, et j'ai songé à ces gens qu'on appelait des travailleurs, à cette idée de travail qui, pour moi, n'avait jamais eu grand sens.

J'ai retiré du coffre le deuxième objet qui se trouvait à portée de main. C'était un cadeau que ses collègues avaient offert à mon père le jour de son départ. Ils le savaient préoccupé par la perspective de la retraite et amateur de pêche à la ligne (un goût qu'il avait, sans succès, essayé de me transmettre). D'où cette offrande : fixée ainsi qu'un trophée de pêche sur une plaque de chêne, une truite en plastique qui, lorsqu'on appuyait sur un bouton, se mettait à frétiller au rythme d'une chanson dont les paroles semblaient jaillir de sa bouche béante. La chanson invitait à ne pas s'inquiéter, à être heureux. Un poisson enjoignant à mon père de se la couler douce, quoi de plus indiqué ? avaient pensé les collègues, animés de la logique infaillible qui préside, toujours, aux cadeaux les plus absurdes.

Restait à comprendre pourquoi il avait éprouvé le besoin d'entreposer cet objet dans son coffre-fort. Parce que, sans oser s'en débarrasser, il ne souhaitait pas en décorer sa chambre ou son salon ? Il aurait pu tout aussi bien ranger le poisson dans un placard ou un recoin de la cave. C'était peut-être alors l'idée de l'insouciance et du bonheur qui était chère à son cœur ? Idée si rare, si précieuse, si insaisissable, qu'il fallait en prendre le plus grand soin ? Ce poisson chantant représentait-il la relique d'une vie qu'il n'avait jamais eue, la promesse entrevue d'un bonheur qu'il savait impossible ?

Il n'y avait plus sur l'étagère qu'un vieux livre relié. La page de titre, jaunie, tachetée, indiquait : « L'ESPRIT DES BÊTES : ZOOLOGIE PASSIONNELLE – par A. Toussenel auteur des *Juifs Rois de l'époque* – Deuxième édition, Paris, librairie phalanstérienne, 1855 ». Comment mon père s'était-il procuré ce livre bizarre ? Quel usage pouvait-il en avoir ?

Surtout, quel rapport entre ces insignifiantes reliques et ce qui se passait dans la cave ? J'avais espéré découvrir dans le coffre, à défaut de la clef, une explication de ce qu'avait fait mon père, un secret. Et je n'avais rien trouvé. J'en avais tant besoin pourtant ! Je n'arrivais pas à comprendre, je ne comprends toujours pas. Un retraité des impôts, un amateur d'éclairs au café, de pêche à la ligne ! Je manque peut-être d'imagination. On en manque toujours quand il s'agit de ses parents, on a déjà tant de mal à imaginer qu'ils puissent s'être un jour accouplés. Et mon père, comprenait-il, lui, ce qu'il faisait, ou était-il devenu complètement fou ? Maniaque d'accord, déprimé peut-être, mais fou ? Même si je ne le voyais pas souvent, je m'en serais rendu compte. Fallait-il alors en conclure qu'il était conscient de ses actes – mais que cela ne lui posait aucun problème ? Je me suis emparé de l'ouvrage du zoologue antisémite et je l'ai projeté contre le mur de la chambre où il s'est écrasé avant de retomber, lentement, comme un insecte.

Je suis descendu manger quelque chose à la cuisine. Je sentais dans tous mes membres une langueur, une légèreté (la chronique de mon appétit vous est peut-être indifférente, mais quand je songe à ces journées c'est d'abord cette sensation qui me vient en mémoire, les jambes molles, les paupières lourdes, la tête vide, légère, comme un ballon d'hélium). Il restait environ un tiers du paquet de céréales que j'avais entamé la veille. Je m'en suis servi un bol et j'ai feuilleté, tout en mangeant, le journal posé sur le plan de travail.

C'était un quotidien régional daté de la veille, jeudi 30 avril. Comme tous les matins mon père, assis à la table de la cuisine, l'avait lu en buvant son café. C'est la rubrique nécrologique que j'ai, ainsi qu'il le faisait lui-même, consultée en premier. Qu'avait-il pensé en apprenant que son épouse, ses quatre enfants, ses douze petits-enfants avaient l'immense douleur de faire part du rappel à Dieu de X…, survenu quelques jours plus tôt ? Avait-il souri, comme il était enclin à le faire, de l'expression « rappel à Dieu » ? Avait-il regretté, comme il le faisait parfois en ma présence, que je n'aie pas « fondé une famille » ? Ou avait-il simplement, de ce geste qui lui était familier, agité la main comme pour chasser une mouche ?

Une chose était certaine : je ne rédigerais pas de faire-part. Les difficultés de formulation me tourmentaient par avance. « Immense douleur » semblait excessif, « regret » inexact, « chagrin » déplacé. Et même à supposer que je trouve le mot juste, la récapitulation de la carrière du défunt s'annonçait accablante :

Agent des impôts
Contrôleur des impôts

rendait un son plus triste que la mort elle-même.

Veuf
Œnophile
Séquestreur de jeunes filles

risquait de m'attirer des ennuis.

En regard des nécrologies figurait une grille de mots croisés à demi complétée. Mon père semblait avoir buté sur une définition : *qu'on ne dise plus qu'ils agacent les quenottes des moutards,* sept lettres. Il avait essayé « BONBONS » mais ça ne fonctionnait pas. J'ai refermé le journal. La une était consacrée à la recrudescence des cambriolages dans les environs.

La jeune femme était entrée par effraction. Mon père ayant surpris la cambrioleuse avait voulu lui faire passer l'envie de récidiver. Ce n'était pas la police qui s'en chargerait, combien de fois l'avais-je entendu déplorer « le laxisme des autorités face à la délinquance » ? Donc il l'avait enfermée, pour une petite leçon de morale pratique, dans ce chenil qui se trouvait en sa possession. Une heure ou deux tout au plus, le temps de faire un saut à la banque. Seulement il n'était jamais revenu.

Je trouvais l'hypothèse rassurante et je m'efforçais de lui donner consistance. Les apparences plaidaient contre, le plateau-repas, le frigidaire rempli de provisions, le raccordement du sanitaire à la colonne de chute, les habitudes que révélaient les gestes de la captive. Mais ce n'était pas grave : on trouve toujours un moyen de s'arranger avec la réalité.

Ce qui m'empêchait de demeurer longtemps dans cette fantaisie, ce n'était pas le réel, c'était une autre croyance, c'était un autre désir, plus puissant, plus profond que celui de fermer les yeux. Appelons cela le désir d'avoir un destin. Combien de fois, par le passé, m'étais-je imaginé ma vie sous la forme d'un tunnel au bout duquel m'attendait un événement soustrait au hasard, à la banalité, aux demi-mesures, une épreuve dont je sortirais triomphant ou vaincu ? La situation ne pouvait pas résulter d'un concours de circonstances, d'un cambriolage manqué. Un drame plus essentiel se jouait dans la cave, un drame dont j'étais le principal acteur ; et le rôle qui m'était réservé m'apparaissait ainsi qu'une silhouette aperçue à contrejour, à la sortie d'un tunnel.

J'ai repensé à la jeune femme. Que faisait-elle en ce moment ? Savait-elle que le soir commençait à tomber ? Avait-elle la moindre notion du temps ? Depuis quand vivait-elle dans cette cave ? Deux jours, deux mois, deux ans, douze ans ? J'ai décidé de descendre m'assurer qu'elle allait bien ; la rassurer aussi, lui montrer que je ne l'avais pas oubliée, même si j'avais échoué à découvrir la clef. Auparavant je suis allé vérifier le tableau électrique dans le couloir d'entrée. L'un des disjoncteurs n'était pas aligné sur les autres et je l'ai remis en position. J'ai ouvert la porte de la cave : il y avait bien de la lumière au sous-sol. Mais alors une plainte étouffée, continue, lamentable, m'a serré le cœur. J'ai descendu les marches aussi vite que j'ai pu, en criant que ce n'était rien, seulement de la lumière, qu'il ne fallait pas avoir peur, mais la jeune femme, allongée sur le ventre, la tête enfouie sous l'oreiller, battait le matelas des pieds et des poings, lentement, régulièrement, sans cesser de gémir.

Je cherchais en vain des yeux un interrupteur. Le plus simple aurait été de remonter couper le disjoncteur, mais il m'était impossible de quitter la cave. Je criais de plus en plus fort pour exhorter la jeune femme au calme, mais ma voix ne parvenait pas à interrompre ni à couvrir le mugissement sourd et sans fin qui sortait de sa poitrine. La lumière tombait d'une ampoule suspendue au plafond. Je l'ai dévissée à mains nues, les bras tendus, sur la pointe des pieds. L'ampoule était brûlante : j'ai dû la lâcher aussitôt et j'ai entendu le verre se briser par terre. La cave était plongée dans une obscurité totale. Mes yeux encore éblouis ne distinguaient rien. Le gémissement avait cessé. Je me suis approché à tâtons de la cage et, les mains posées contre le grillage, j'ai déclaré que c'était un accident, que j'en étais désolé.

Il y a eu contre la paume de mes mains le contact d'une autre peau. Était-ce involontaire, ou essayait-on de me signifier quelque chose ? Je n'ai pas retiré les mains. Je devinais, tout proche, un souffle irrégulier, un peu haletant. Il y avait dans cette obscurité partagée, dans ce silence après les cris, dans ce contact aveugle et incertain une intimité qui me troublait. Après un moment j'ai annoncé que j'allais allumer une bougie. J'ai cru sentir, de l'autre côté du grillage, comme un frémissement. Je me demande maintenant si la jeune femme voulait me retenir, me parler peut-être. Si j'étais resté plus longtemps, si j'avais eu la patience et le courage de rester, les choses se seraient-elles passées autrement ? Je sais : vous m'avez mis en garde contre les questions auxquelles il n'existe pas de réponse.

J'ai remonté l'escalier pour chercher une bougie. À mon retour j'ai préparé un plat pour la jeune femme et j'en ai glissé un second dans le micro-ondes : le bol de céréales ne m'avait pas rassasié. Pendant la cuisson je lui ai demandé, sans obtenir de réponse, pourquoi la lumière électrique l'avait mise dans cet état. J'ai essayé d'imaginer : mon père n'allumait-il que dans certaines circonstances – lorsqu'il avait l'intention de la punir, par exemple ?

J'avais choisi le premier plat qui se présentait, sans y prêter attention, mais je me suis bientôt rendu compte, à l'odeur, qu'il s'agissait de lasagnes. Et je me suis souvenu. Quand la maladie de ma mère avait été diagnostiquée, elle avait dû subir des traitements qui l'avaient considérablement affaiblie. Elle restait alitée, pouvait à peine manger, et n'était bien sûr plus capable de faire la cuisine. Mon père avait acheté un four à micro-ondes pour faciliter les repas. Nous l'avions inauguré ensemble, lui et moi, un soir d'hiver. Il avait choisi, pour le menu, des lasagnes surgelées. Nous n'avions pas quitté le four des yeux pendant toute la durée de la cuisson. Je revois mon père tâter le plat d'une fourchette soupçonneuse et déclarer enfin, après une première bouchée, qu'au fond ce n'était pas si mauvais. J'avais renchéri, me lançant dans un éloge ému de la crème, de la viande, de la pâte. Mon père gardait les yeux baissés et, comme je n'étais pas certain qu'il m'avait entendu, je m'étais mis à accompagner chaque bouchée d'un long murmure d'extase. Alors, levant les yeux de son assiette, mon père m'avait jeté un regard tel que je m'étais tu sur-le-champ ; un de ces regards perplexes et froids qui font sentir aux enfants que leur comportement est totalement inapproprié. « Tu n'as pas honte, avais-je cru lire dans les yeux verts, de manifester tant de contentement alors que ta mère est malade ? Tu ne vois pas qu'elle souffre, que je souffre, que tout souffre ici ? » Et je m'étais senti d'autant plus honteux, d'autant plus furieux que c'était précisément pour réconforter mon père – et, me semblait-il, sur son invitation – que je m'étais lancé dans cette pantomime.

J'ai disposé la portion de la jeune femme sur le passe-plat, je me suis accroupi près de la cage et j'ai dit, en cherchant du regard un signe d'approbation, que ce n'était pas mauvais.

Puis les mots que je venais de prononcer ont rebondi dans ma conscience : pas mauvais ? Tout était mauvais, tout était désastreux ! La cave, la cage, ce mugissement de bête agonisante ! M'assurer que la jeune femme allait bien, la nourrir, jouer les matons bienveillants – ce n'était pas le rôle auquel j'étais destiné. Sans finir mes lasagnes, je suis remonté à l'étage en me répétant que le moment était venu d'appeler la police. Eux aussi sauraient veiller sur elle, et mieux que moi. Ils vérifieraient immédiatement l'état général de sa santé, la teneur de son sang, les glucides, les globules rouges, le magnésium, ainsi que la présence éventuelle de lésions. Ce simple mot, « lésions », m'a fait serrer les dents.

Je me suis installé dans un fauteuil du salon, mon téléphone entre les mains, et je n'ai pas appelé la police. J'ai commis l'erreur de réfléchir à ce que j'allais dire. D'abord m'identifier ; cela semblait à ma portée. Mais fallait-il mentionner d'emblée le décès de mon père, mon arrivée récente dans la maison, la rareté de mes séjours ? À mes yeux c'était une information capitale, la preuve que je n'étais pas mêlé à cette affaire, mais mon interlocuteur n'en saisirait peut-être pas immédiatement l'importance.

Tout le problème était là, rester simple sans simplifier

les faits – parce que cet appel serait enregistré et plus tard analysé, parce que chacune de mes paroles allait être décortiquée par des limiers animés du désir de me coincer, de prouver que j'avais menti. Je ne me faisais aucune illusion sur ce point, ayant eu affaire à eux par le passé. Vingt-quatre heures de garde à vue m'avaient permis de me faire une idée. Plaque tournante, ils disaient ; trafic de drogue ; réseau. Et toujours les mêmes questions, inlassablement répétées. J'avais beau leur expliquer que je n'étais qu'un client occasionnel, un fumeur du dimanche, un consommateur parmi des milliers d'autres, mon interrogateur hochait la tête en faisant « tt-tt-tt » comme s'il avait voulu exprimer sa désapprobation à un enfant. Et pas un mot d'excuse ou de regret quand ils m'avaient relâché. Je la connaissais, leur façon de procéder.

Pouvais-je dissimuler la date de ma découverte ? Mon arrivée dans l'après-midi du 30 avril était un fait incontestable, mais j'aurais très bien pu ne pas descendre le soir même à la cave. Trafiquer la chronologie était tentant. Ces vingt-quatre heures d'attente ne plaidaient pas en ma faveur. Ils ne pourraient jamais admettre l'enchaînement des circonstances qui m'avait poussé à différer, d'heure en heure, mon appel. Ils ne croiraient pas que mon premier mouvement avait été de les appeler *puisque je ne l'avais pas fait* : « Mais il n'y avait pas de réseau dans la cave ! – Et alors, vous ne pouviez pas remonter à l'étage ? » Ils ne comprendraient pas que j'aie pu m'endormir, ni que j'aie désiré trouver moi-même la clef avant de les prévenir. Expliquer ces choses-là à ces gens-là était impossible.

Leur mentir n'était pas plus facile. Ils seraient certainement capables de dater mes incursions dans la cave à partir des traces que j'y avais laissées. Ou de déterminer à quelle heure la jeune femme avait mangé pour la dernière fois – sans compter que celle-ci pouvait parler, et alors que dirait-elle ? Comment avait-elle interprété mon attitude ?

Mentir était trop risqué. Ne pas mentir, c'était à coup sûr passer pour complice. Et être le complice d'un mort, c'est pire encore que d'être le principal instigateur du crime. Non seulement vous écopez de toute la responsabilité (il faut bien que quelqu'un soit puni), mais en plus on vient vous reprocher votre faiblesse et votre lâcheté. « Comment cet homme pouvait-il ignorer les sinistres agissements de son père ? Il savait, il ne pouvait pas ne pas savoir. Et même à supposer qu'il ignorât que son père eût commis ces atrocités, lorsqu'il se retrouve seul, dans la maison, face à cette épouvantable situation, que décide-t-il de faire, cet homme qui comparaît aujourd'hui devant vous ? Il l'a dit lui-même dans sa déposition : il monte se coucher ; il se couche, comme par un fait exprès, dans le lit de son père. Il dort sur ses deux oreilles. Oserai-je le dire ? il dort du sommeil du juste, tandis que sous terre, seule, affamée, désespérée, une pauvre créature implore son secours ! De profonds esprits l'ont dit avant moi et je le répète en méditant sur le comportement de ce triste sire : le plus irréparable des vices est de commettre le mal par bêtise. »

Il n'y avait pas de bonne solution. Je m'étais mis dans une impasse et j'allais être puni. Alors j'ai senti un poids dans la poitrine, comme si j'avais avalé quelque chose qui ne descendait pas. J'avais chaud, soudain, et j'ai voulu enlever mon sweat-shirt, mais je n'avais pas la force de lever les bras, de décoller le dos du fauteuil. Sur ma langue, sur mon palais, je sentais un reste du lait que j'avais pris avec les céréales, une pellicule aigre, sucrée. J'avais beau déglutir, cet arrière-goût de lait tourné ne passait pas, de même que je n'arrivais pas à me sortir de la tête ce mot, « puni », qui en tombant dans mon esprit y avait fait naître, tel un caillou jeté dans une mare, des cercles de plus en plus larges : la prison, le casier judiciaire, le chômage. Je me suis passé la main sur le visage, plusieurs fois. Je ne m'étais pas rasé depuis la veille, une barbe naissante me râpait le bout des doigts.

Dans un recoin de la bibliothèque, à portée de main du fauteuil où j'étais écrasé, une bouteille de whisky. Voilà, j'ai pensé, qui me donnera le courage d'appeler la police. J'ai échangé le téléphone contre la bouteille et j'ai bu une gorgée, puis une deuxième, au goulot. C'était tiède, gras, un peu amer, j'avais l'impression de me boire moi-même. J'ai continué. La peur commençait à refluer, chassée par un feu, une excitation qui me courait dans tout le haut du corps. Appeler la police ? Pourquoi pas, ce serait peut-être amusant. Mais autant la bouteille était devenue très légère, autant le téléphone, quand j'ai voulu m'en emparer, semblait s'être alourdi, au point de me glisser entre les doigts, ce qui m'a secoué d'un long rire silencieux.

Alors je me suis efforcé de le ramasser, mais sans me servir des mains – avec les pieds. Il me paraissait nécessaire de réussir. La bienveillance ou l'hostilité de la police, la clémence ou la sévérité des juges, la sympathie ou la férocité des journalistes, tout était suspendu à l'accomplissement de ce geste. Mais l'appareil retombait par terre. Il serait toujours temps plus tard.

En attendant, on pouvait toujours chanter, comme l'inconnu avec lequel j'avais partagé mes heures de garde à vue. Il avait bramé sans interruption sa rengaine avant de s'effondrer à même le sol. Dormait-il, mourait-il ? À l'extérieur de la cellule, les parois du couloir répercutaient les voix des agents qui discutaient entre eux. Des graffiti indéchiffrables épuisaient le regard, qu'une lumière écrasante privait de tout repos. Le temps, dans cet espace confiné, ne s'écoulait plus, il stagnait, semblable au whisky qui flottait dans ma bouche et que je me sentais incapable de déglutir. En avais-je trop bu ? Le souvenir de la garde à vue m'avait-il écœuré ? J'avais l'impression que ma langue trempait dans une huile de vidange.

Je suis allé me gargariser dans l'évier de la cuisine, mais j'avais le palais encore empoissé et je suis monté à l'étage pour me laver les dents. En tâtonnant à la recherche du tube de dentifrice j'ai mis la main sur la boîte d'anxiolytiques. J'ai avalé deux comprimés et, juste à temps pour décrocher, j'ai sorti de ma poche mon téléphone qui sonnait depuis quelques instants déjà. J'étais troublé : je croyais l'avoir laissé par terre, dans le salon. Mais enfin tout était pour le mieux. « Ils ont pris les devants, tu comprends, ai-je expliqué au gros blond qui m'interrogeait du regard dans le miroir de la salle de bains ; comme j'ai un peu de mal, ils ont décidé de me passer un coup de fil, c'est gentil. » Et j'ai ouvert la communication d'un doigt vainqueur, bien décidé à remercier mon interlocuteur.

La conversation qui a suivi, ce n'est que le lendemain que j'ai pu, bien malgré moi, la reconstituer. Tout ce que je me rappelle, c'est que sur le trajet qui m'a conduit, parmi les meubles dérangés, les papiers en désordre et les volumes éparpillés du code des impôts, vers le lit jeté en travers de la pièce ainsi qu'un radeau à la dérive, la truite piétinée par accident a entonné son chant d'insouciance et de bonheur, *don't worry be happy, don't worry be happy, don't worry be happy.*

SAMEDI 2 MAI

Semblables à des vers grouillant sous la terre, des bribes de phrases, d'idées se tortillaient dans mon sommeil et en troublaient le cours. J'ai fini par ouvrir les yeux. J'avais mal à la tête. Le réveil indiquait dix heures douze. Un quart d'heure plus tard j'étais prêt. Je suis sorti sans passer par la cave de peur d'arriver trop tard à la mairie.

En faisant mes premiers pas dans la rue j'ai réalisé que je n'avais pas quitté la maison depuis mon arrivée deux jours plus tôt. Je me suis rappelé une phrase que j'entendais souvent prononcer quand j'étais enfant : « Ne reste pas enfermé comme ça, profite un peu du beau temps, va donc jouer dehors. » À l'époque je ne comprenais pas ces recommandations. Les grandes personnes ignoraient-elles qu'on peut apprécier une belle journée à travers une fenêtre ouverte ? Pourquoi d'ailleurs fallait-il à tout prix « en profiter » ? Et pourquoi seulement du beau temps, pas de la pluie ? Ce matin-là j'ai compris que les adultes s'adressaient moins à moi qu'au souvenir de l'enfant qu'ils croyaient avoir été, aux enfermés qu'ils étaient devenus.

Puis j'ai pensé à celle qui était dans la cave. Peut-être lui avait-on dit, à elle aussi, par une matinée de printemps : « Va jouer dehors, ne reste pas enfermée comme ça, profite un peu du soleil ! » – et elle n'était jamais revenue. Quelque part, dans ces mêmes rues que j'étais en train de traverser, une mère, un père, une grand-mère espéraient encore son retour, chaque jour un peu plus meurtris, jamais complètement résignés. Et moi je dormais, je perdais une journée à rechercher une clef, je me consacrais à des formalités administratives ? Déclarer un décès dans les délais, quelle importance ? Un jour de plus ou de moins… Aller à la mairie, compte tenu de la situation, était absurde. Mais rester à la maison était insupportable.

Je me suis affaissé contre une voiture garée le long du trottoir. Quelqu'un tondait une pelouse ; l'odeur de l'herbe coupée se répandait dans toute la rue. Parfois, le vrombissement de la tondeuse s'interrompait ; on entendait siffler un merle, des insectes bourdonnaient, un ver rampait sur le bitume. J'aurais voulu rester là, adossé à la portière, sans penser, dans le silence et la stupeur. Un homme est apparu dans l'encadrement d'une fenêtre et s'est mis à crier : il voulait que je m'éloigne de sa voiture. Je me suis relevé.

Sur le parvis de la mairie on acclamait un couple de jeunes mariés. Je me suis frayé un chemin dans la foule, jusqu'au couloir du service Naissances/Décès. J'ai observé ceux qui comme moi patientaient sur un banc. Je n'arrivais pas à distinguer avec certitude ceux qui étaient venus déclarer un décès de ceux qui étaient venus déclarer une naissance. Peut-être que les seconds manifestaient en présence des premiers une gravité de circonstance et que les premiers s'efforçaient de réfréner leur chagrin. Mais il existait entre ces visages une ressemblance plus profonde. Tous avaient au fond de l'œil une fixité, comme si, au-delà de la joie et de la douleur, une idée simple et forte avait fait effraction dans leur conscience : à jamais un être était mort, pour toujours un être était né. Et jusque dans leurs mouvements – lents, raides, étonnés – ces personnes semblaient subir la puissance de cette révélation. Tôt ou tard, bien sûr, la vie de tous les jours reprendrait ses droits. Mais ces gens garderaient en eux la trace de ce moment où l'existence leur avait paru plus simple, plus nette, réduite à cette évidence brutale : pour toujours, à jamais. Par comparaison ma vie me semblait plongée dans quelque chose de confus, d'opaque. Aucune porte ne s'ouvrirait devant moi, aucune vérité ne se déposerait en moi tant que je n'aurais pas réglé la situation. Les relations avec mon père avaient été compliquées de son vivant. Sa mort ne faisait qu'embrouiller davantage notre lien. Et c'était frustrant car ce que les autres ont de plus précieux à nous donner, qui sait ? c'est peut-être leur mort.

Mon tour est venu d'entrer dans le bureau. Vingt minutes plus tard j'en suis sorti muni de la douzaine d'actes de décès nécessaires à l'organisation des obsèques, à la fermeture des comptes bancaires, à la résiliation des abonnements et autres formalités. En traversant le hall de la mairie j'ai aperçu dans un renfoncement un ordinateur en libre accès. Je me suis installé et j'ai tapé les mots : « personnes disparues ». Un site internet recensait les avis de recherche émis par la police nationale. Quatre-vingt-sept cas de disparitions inquiétantes. Chaque fois, une photographie était accompagnée d'un descriptif. Un octogénaire atteint de la maladie d'Alzheimer avait disparu d'une clinique le soir de Noël (signe particulier : portait un cardigan vert avec son nom tissé sur une étiquette). Une étudiante aux longs cheveux noirs (signe particulier : la hanche droite ornée d'un tatouage représentant un papillon) avait été aperçue pour la dernière fois dans un manteau d'hiver de couleur sombre, vingt ans plus tôt. À la même époque, une femme de type nord-africain, vêtue d'un jean bleu et d'un polo blanc, n'avait jamais reparu dans le foyer où elle était hébergée (signe particulier : absence du tiers de la denture du maxillaire supérieur). Depuis la sortie de l'école quatre ans plus tôt, nul n'avait revu ce garçon de corpulence mince, aux yeux verts et aux incisives écartées.

Dans le cas des personnes disparues depuis longtemps, un portrait-robot suggérait l'évolution de leurs traits. Mais ces visages artificiellement vieillis ne ressemblaient à aucun de ceux qu'on voit dans la vraie vie ; la maturation qu'on leur avait fait subir, par délicatesse peut-être, refusant d'ajouter au drame de la disparition le spectacle d'une trop violente transformation, ignorait les affaissements, les surgissements, les aggravations qui nous rendent, au fil des ans, si dissemblables à nous-mêmes.

Aucune des jeunes filles recensées dans ce fichier ne me

rappelait celle qui se trouvait à la maison. Rien ne prouvait qu'une famille endurait le supplice que j'avais imaginé sur le chemin de la mairie. Toutes les explications restaient possibles. Cette incertitude m'angoissait autant qu'elle me soulageait : j'étais absolument livré à moi-même, sans repères, sans point d'appui. J'aurais aimé que mon histoire en rejoigne une autre, comme dans ces films où différents personnages qui ne se connaissent pas finissent par se croiser. Mais il n'y avait pas de scénariste ingénieux pour veiller sur mon destin. Il n'y avait que moi, et ça ne m'inspirait pas confiance.

J'avais faim. Au sortir de la mairie j'ai acheté un sandwich et je me suis installé sur un banc, au bord de la rivière. D'être dehors me faisait du bien. Dans la maison j'avais l'impression de subir l'influence d'un champ magnétique qui déformait mes pensées, mes désirs, détournait mes actes de leur destination, qui m'empêchait d'adhérer à moi-même. Mon père avait-il ressenti la même chose ? J'ai cru me rappeler qu'il lui arrivait de parler de la maison avec une espèce de crainte, de vénération, mais c'était certainement une illusion rétrospective. Il en allait de même pour tous les souvenirs que j'avais de lui, je ne savais plus comment les interpréter. Cet homme que j'avais cru si bien connaître, par cœur et même jusqu'à l'écœurement, comme ces chocolats industriels dont on imagine avant même de les avoir croqués la consistance collante et crémeuse, cet homme était devenu une énigme. Tout était flou, susceptible d'interprétations multiples et contradictoires, tout baignait dans le clair-obscur d'une cave éclairée par la flamme d'une bougie.

Un homme est venu me demander si je n'avais pas une petite pièce ou un ticket-restaurant. Je me suis rendu compte que j'avais oublié de nourrir celle qui se trouvait dans la cave. Ce devait être ma façon de contester son existence, à la manière de ces enfants qui refusent de partager leur goûter avec leur cadet. Il fallait rentrer s'en occuper. Je me suis levé et j'ai considéré tous ces êtres dont me séparait *la situation* : les coureurs filant le long des berges, les couples avec poussette, les enfants qui jetaient du pain aux canards, et la silhouette, maintenant penchée vers un autre indifférent, de l'homme dont je venais d'ignorer la demande.

Il me restait une formalité à régler sur le chemin du retour. D'un pas décidé j'ai franchi la porte des pompes funèbres. Je n'avais pas de temps à perdre et j'étais décidé à le faire savoir. On les repérait tout de suite, à PHONE SWEET PHONE, les hommes qui ont l'habitude d'être obéis. Ils passent la porte avec autant d'aisance que s'ils entraient chez eux. Au-delà de trente secondes d'attente ils consultent leur montre. Leurs soupirs sont sonores. Souvent, ils partent sans dire au revoir. L'employé qui s'est avancé vers moi avait à peu près mon âge et s'appelait Maxime, c'était écrit sur un badge qu'il portait sur sa veste. « Monsieur », a-t-il murmuré en m'enveloppant d'un regard à la fois grave et tendre, et il m'a proposé de m'asseoir.

J'ai exposé les raisons de ma présence en des termes qui, combinés à mes habits et à ma gestuelle, ont dû suggérer mon appartenance à la classe moyenne. Cela faisait de moi un bon client, le consommateur idéal en vérité, celui qui se sent tenu de ne pas regarder à la dépense dans les grandes circonstances de la vie. « Soyez assuré de notre sympathie. Nous allons faire tout notre possible pour vous assister dans ce moment difficile. C'est pourquoi j'aimerais si ce n'est pas trop douloureux que nous prenions un moment pour évoquer votre papa. Quel genre de personne c'était, ce qu'il aimait, les souvenirs qu'il éveille en vous. Cela nous permettrait d'organiser une cérémonie fidèle à sa mémoire, un hommage d'exception. » Encore un qui me parlait de mon « papa ». Je l'ai interrompu en agitant la main comme pour chasser une mouche. Il n'y aurait ni musique, ni fleurs, ni discours, ni hommage d'exception, il fallait que ce soit fait lundi et j'avais choisi la crémation. Il ne restait plus, comme on dit à PHONE SWEET PHONE, qu'à finaliser quelques détails. La question des vêtements, en particulier. J'ai promis à Maxime que je lui apporterais une tenue pour mon père dans les vingt-quatre heures.

Quand je suis arrivé en vue de la maison j'ai aperçu quelqu'un qui semblait attendre devant la porte et j'ai marqué un temps d'arrêt. La police, un voisin soupçonneux ? J'ai repris mon chemin, les jambes molles, la poitrine serrée, les yeux plissés dans l'espoir d'identifier mon visiteur avant qu'il ne me remarque. Nous nous sommes reconnus en même temps. Je n'ai pas su feindre la joie que Marion espérait lire sur mon visage, ni dissimuler la contrariété qu'elle ne s'attendait pas à y découvrir. Elle a froncé les sourcils ; et ses lèvres formaient un sourire qui suggérait qu'elle ne se laisserait pas déstabiliser, que tous les problèmes avaient une solution ; un de ces sourires où l'on essaie de mettre toute l'assurance qui nous manque quand on sent naître l'inquiétude.

Je connaissais ce sourire, elle avait le même lorsqu'elle s'était avancée vers moi à PHONE SWEET PHONE. Elle était venue s'offrir l'appareil le plus cher, le plus élégant, le plus performant, celui qu'il fallait posséder quand on prétendait être quelqu'un. Je lui avais suggéré qu'étant donné le modeste forfait qu'elle avait souscrit il n'était pas nécessaire d'investir dans un engin aussi coûteux, ce serait aussi absurde que d'acheter un bolide sans jamais rouler sur l'autoroute. Nous avions par exemple en stock un petit modèle très efficace, plus simple, qui comblerait tous ses besoins. Tactique de vendeur : inciter, sous couvert d'une honnêteté scrupuleuse, le client à choisir un forfait plus cher. Car il suffisait de jeter un œil au brushing de cette femme, de sentir son parfum saturé de muguet, de croiser son regard doré, pour comprendre qu'elle ne renoncerait pas à l'objet de sa convoitise, à ce téléphone que devaient déjà posséder ses amies. La seule question était de savoir si on pouvait la faire consommer davantage. Elle se disait très contente de son forfait et refusait d'en changer. Comme je m'étais permis d'insister, elle m'avait interrompu assez sèchement, avec la brusquerie des gens qui ne sont pas sûrs d'eux. Quelques instants plus tard, tandis qu'elle remplissait son chèque elle était revenue sur l'incident : « J'ai l'impression que je vous ai vexé. Ne niez pas, ça se voit, vous êtes vexé. Oh là là comment me faire pardonner. Si vous avez une idée, appelez-moi, vous avez mon numéro. » En vérifiant le chèque j'ai constaté qu'il renvoyait au compte de « M. OU MME FRANÇOIS SAFFRE ».

Je l'avais appelée deux jours plus tard. Nous nous étions donné rendez-vous dans un bar près de PHONE SWEET PHONE. Je l'avais emmenée chez moi. Elle venait une ou deux fois par semaine, ne restait jamais longtemps. J'aimais sentir s'enfoncer dans mon dos ses ongles manucurés. J'aimais le soin qu'elle mettait à disposer ses bijoux sur la table basse après s'être déshabillée, jamais avant. C'était, m'avait-elle appris, la première fois qu'elle faisait ça. Elle était très amoureuse de son mari qu'elle avait rencontré l'été de ses dix-huit ans, à l'épicerie de ses parents où elle tenait la caisse. Mais récemment elle avait découvert... Et le désir lui était venu d'en faire autant, de son côté. En somme elle était un peu perdue. Sans doute fallait-il l'être pour se retrouver sur mon convertible.

Il arrivait parfois que des clientes s'intéressent à moi. Peut-être, dans leur esprit, la téléphonie représentait-elle un monde fluide et secret comme l'érotisme lui-même ? J'étais toujours disponible. Ça ne durait jamais longtemps. Elles retournaient vers leurs maris, rencontraient quelqu'un d'autre, ou c'était moi qui me lassais. Certaines étaient à la recherche d'un géniteur et je les décevais infailliblement. D'autres, mères solitaires en quête d'un père pour leur enfant, comprenaient assez vite à quel genre d'individu elles avaient affaire. Toutes ou presque plus âgées que moi, toutes ou presque en situation de fragilité, ces femmes se trouvaient de l'autre côté d'une barrière invisible, que je n'avais pas encore franchie puisque j'en percevais l'existence entre nous, ce qui me confortait dans le sentiment chaque jour un peu plus incertain, à trente-six ans, de ma jeunesse.

« On ne t'a jamais appris que c'était malpoli de faire attendre une dame ? » a crié de loin Marion, en agitant un index orné d'une bague surélevée, effilée, en forme de flèche, qui se superposait à son doigt de chair ainsi qu'un second doigt rigide et menaçant (elle avait le goût des bijoux ethniques). Et tandis qu'elle continuait à me parler notre conversation de la veille se recomposait dans ma mémoire, mais lentement, progressivement, comme la lumière, avant l'invention de l'éclairage électrique, se propageait de pièce en pièce dans les demeures vastes et sombres.

C'était elle que j'avais eue au téléphone après avoir vidé la bouteille de whisky. Elle s'inquiétait, tous ces appels restés sans réponse, que se passait-il ? Il se passe que mon père est mort, avais-je répondu. Elle avait proposé de me rejoindre : son mari était en déplacement professionnel (l'intonation de sa voix indiquait qu'elle n'était pas la dupe de ce mensonge), un peu de compagnie, sûrement, me ferait du bien ? Impossible de me rappeler ma réponse. Et Marion était venue : il était dans sa nature de mettre ses projets à exécution. Sa voiture était garée un peu plus loin, à l'ombre d'un tilleul – une Mini Cooper rouge décapotable, qui contrastait avec les berlines grises alignées dans la rue. Elle a demandé à visiter la maison.

Il était hors de question que je la laisse entrer. J'ai senti se former sur mes lèvres un demi-sourire gêné et j'ai annoncé, en détournant le regard, que ça ne serait pas possible.

Elle a écarté les bras, les mains grandes ouvertes et vacillantes, comme si on venait d'y poser des pastèques. Trois cent cinquante kilomètres, je lui faisais faire trois cent cinquante kilomètres –

Je n'avais pas le temps d'entrer dans les détails : une personne affamée m'attendait à l'intérieur. Il n'y avait rien, de toute façon, à expliquer.

Elle m'a demandé si j'étais avec une autre, si elle était dans la maison. Que ces paroles soient si vraies tout en étant si fausses m'a fait malgré moi sourire.

« Ça te fait rire ? »

Dans l'espoir de la calmer j'ai prononcé son prénom. Elle s'est penchée vers moi, visage contracté, voix sifflante. Elle n'allait pas laisser un petit con la prendre pour une conne. D'autres phrases ont suivi, chacune plus dure que la précédente. Quelque chose la dressait contre moi, brusque. De nouveau, mais d'une voix plus tendue que je ne l'aurais voulu, je lui ai dit que je ne pouvais pas la laisser entrer.

Elle m'a plaqué contre la porte et j'ai senti contre ma gorge la froideur métallique de la bague en forme de flèche. J'entendais la voix de Marion tout contre mon oreille demander s'il trouvait ça drôle, le petit con, le petit enculé. Et la bague appuyait toujours plus fort contre la peau, au niveau de la carotide. J'avais du mal à respirer. J'ai demandé à Marion d'arrêter. Elle m'a donné un coup de genou dans l'entrejambe, puis encore un. Je l'ai repoussée. Elle a perdu l'équilibre et elle est tombée à la renverse, lentement, doucement, comme au ralenti, en s'appuyant sur les mains pour amortir le choc. Le contenu de son sac s'est éparpillé sur le bitume – un stick de rouge à lèvres, un stylo, un jeu de clefs, des mouchoirs en papier et, pareil à un grand scarabée, le téléphone dont la coque noire brillait au soleil.

J'ai voulu l'aider à se relever mais quelque chose m'a stoppé net. Elle me regardait par en dessous. Une espèce de grondement a passé dans sa gorge. J'ai pris peur. Je ne savais pas jusqu'où elle était capable d'aller – ni moi non plus. Je suis entré dans la maison et j'ai refermé la porte derrière moi avant que Marion n'ait eu le temps de se relever. Et je l'ai écoutée frapper contre la porte. Elle criait des injures, des menaces, faisait le serment de me pourrir la vie. Enfin, après un court silence, le bruit d'une voiture au démarrage.

Quand je me suis engagé dans l'escalier de la cave j'ai ressenti pour la première fois autre chose que de la peur : une espèce de soulagement sombre et doux, comme au bord de la mer quand il fait nuit. Était-ce cela que mon père venait y chercher en attendant la mort ?

Le battement du plateau contre le grillage n'a pas tardé à se faire entendre. J'ai choisi dans le frigidaire une brandade de morue que j'ai glissée dans le micro-ondes et je me suis approché de la cage. Elle était là, debout de l'autre côté, dans son survêtement rouge, avec son regard noir, fixe, buté, semblable à celui des adolescentes qui volent dans les magasins.

À l'opacité de son regard s'ajoutait l'énigme de sa présence, présence dont elle, peut-être, connaissait la raison, ce qui rendait son regard plus insondable encore car j'y cherchais des indices d'une vérité que j'ignorais absolument. J'ai fini par baisser les yeux : c'est à cette occasion que j'ai remarqué sous la mâchoire, du côté gauche, une petite cicatrice que je n'avais pas encore vue. La peau à cet endroit était plus blanche qu'ailleurs. Que racontait cette cicatrice ? Une tentative d'évasion ? Une blessure antérieure à son enlèvement, une coupure de fillette mal tombée de trottinette ?

J'ai souri. Il fallait qu'elle sache que je ne lui voulais aucun mal. Son visage restait impassible. Son sourire, je ne pouvais que l'imaginer, aujourd'hui encore je dois l'imaginer. La lèvre supérieure se soulevait-elle machinalement, comme le châssis d'une fenêtre à guillotine – rictus sans joie, fragile, prêt à retomber à la première contrariété sur les dents découvertes à contrecœur ? Je préfère me figurer un sourire qui, dévorant tout le visage, le transforme en une grande bouche gourmande et cruelle, les lèvres retroussées, le nez froncé, les yeux plissés, les joues creusées par des fossettes. Mais depuis quand n'avait-elle pas souri ?

Impossible de lui faire prononcer le moindre mot. Comprenait-elle ce que je disais ? Je me suis demandé si elle n'était pas handicapée mentale. Et j'ai continué à lui parler, mais plus lentement, en articulant chaque syllabe. La sonnerie du micro-ondes a interrompu mes tentatives.

Une idée m'est venue pendant qu'elle dévorait son plat. Parmi les images enregistrées sur mon téléphone, j'ai cherché une photographie de mon père que j'avais prise deux ans plus tôt, un jour qu'il m'avait emmené faire une promenade en forêt dans les environs. Quand la captive a eu fini de manger j'ai brandi le téléphone, m'attendant à provoquer de la surprise, de la peur, de la haine – une réaction. Elle s'est approchée du grillage, elle a regardé l'écran lumineux et elle est retournée vers le fond de la cage. Alors j'ai ressenti une grande fatigue, un découragement, et je me suis dit que je n'arriverais à rien avec cette personne, qu'elle ne ferait que m'épuiser, me miner, comme une maladie incurable.

Le visage de mon père était toujours affiché sur l'écran du téléphone. J'ai cru déceler dans son regard une ironie posthume. Et l'idée qui m'avait traversé la veille s'est de nouveau présentée à moi : il avait fait exprès de me léguer cet encombrant fardeau. Non par jeu, ainsi que je l'avais supposé puérilement, mais pour continuer à vivre. À vivre en moi. Et à présent je lui succédais, malgré moi, dans le sinistre royaume qu'il s'était créé. Je subissais son emprise, comme quand un film nous projette, sans qu'on n'ait rien demandé, dans un univers excessivement sentimental ou violent : on a beau juger le spectacle naïf ou immoral, on continue quand même à regarder.

Mon père aimait répéter ce slogan d'un penseur qu'il avait vu penser à la télévision : « Communiquer n'est rien, c'est transmettre qui est important. » Plus d'une fois, il avait prétendu m'expliquer que mon problème, et de manière plus générale le problème des sociétés modernes, était d'avoir remplacé la transmission par la communication.

Je vivais dans l'ingratitude, dans l'instant, dans le bavardage, alors qu'une vie devait se construire dans l'écoute, la durée, la fidélité. Je le laissais émettre ses opinions. Je vivais ma vie.

Et voilà que mort il m'imposait de vivre la sienne. Voilà qu'il me léguait, au fond de cette cave, un crime incompréhensible. Parents, nous l'étions peut-être davantage, ces jours-ci, que nous ne l'avions jamais été. Et je me suis demandé si c'était ça transmettre, si les hommes depuis qu'ils peuplaient la terre s'étaient jamais transmis autre chose que des crimes. De l'argent ou des dettes – et des crimes.

J'ai levé les yeux vers la cage. La jeune femme me tournait le dos. J'avais envie de rester avec elle mais je ne savais pas quoi dire ni quoi faire. Comme si, en vertu d'une étrange symétrie, la présence de cet être qui n'aurait pas dû se trouver là me rendait absent à moi-même, à mon devoir, à toute forme d'action. Une nouvelle fois, dans l'espoir confus de résoudre l'énigme, mon regard s'est attardé sur la structure métallique, sur le grillage, sur le passe-plat, sur le tuyau de canalisation qui, en rejoignant la colonne de chute, établissait entre la cage et la maison une relation intime, à la manière d'un cordon ombilical.

J'aurais pu rester longtemps encore si on n'avait pas sonné à la porte. Je suis monté voir ce que c'était. Sur le palier se tenait un petit homme aux cheveux blancs, très mince, en nœud papillon, qui paraissait préoccupé. Il avait de grands yeux bleus dont la largeur contrastait avec l'étroitesse de sa tête. Il m'a demandé, mais sur le ton affirmatif des questions dont on croit avoir anticipé la réponse, si j'étais « le fils ». Puis il s'est présenté, Jérôme Duroselle, il habitait au 17, un peu plus haut dans la rue, mon père m'avait peut-être parlé de lui ? Sa fille se trouvait à la banque jeudi matin. Elle avait vu partir l'ambulance. Il venait prendre des nouvelles.

J'ai annoncé à Jérôme Duroselle que mon père était mort et il a fermé les paupières en se pinçant la racine du nez entre le pouce et l'index, attitude qu'il a conservée pendant un moment qui m'a paru très long. J'ai fini par lui demander si tout allait bien et il m'a répondu qu'il avait beaucoup d'affection pour mon père. À la mort de sa femme il avait tout mélangé dans sa déclaration d'impôts, les revenus de sa femme, les siens, et l'administration fiscale lui avait fait des misères. Mon père avait passé un coup de fil et le litige avait été réglé. Depuis, ils prenaient de temps à autre un café tous les deux. Une fois, a-t-il précisé en levant l'index, ils avaient fait une partie de dominos. Ses grands yeux donnaient à son regard une expression de perplexité enfantine.

Le choc des disparitions soudaines. Aujourd'hui, quand je repense à la consternation de Jérôme Duroselle, quand je revois Franck, dans la boutique, bredouillant qu'il ne sait pas quoi dire, je me demande si moi-même, durant ces quelques jours, je n'étais pas en état de choc, de sidération. Si Jérôme Duroselle, qui avait joué *une fois* aux dominos avec mon père, titubait à l'annonce de son décès comme un boxeur sonné…

« Quand auront lieu les obsèques ? »

J'ai communiqué les détails à Jérôme Duroselle qui, au moment de repartir, a déclaré en m'inondant du flot bleu de son regard qu'il avait su tout de suite qui j'étais : je ressemblais tellement à mon père !

Il ne restait plus rien dans le frigidaire de la cuisine. Cuire des pâtes me semblait au-dessus de mes forces. Chaque journée passée dans la maison m'avait fait vieillir de plusieurs années. Je n'arrivais pas à croire que j'étais arrivé depuis deux jours : le temps s'écoulait de manière bizarre, à la fois plus lente et plus rapide que d'habitude. Il paraît que c'est fréquent, cette espèce d'effondrement du temps, quand on prend des comprimés. J'ai compté qu'il me restait trois jours pour régler la situation puisque je devais retourner travailler mercredi matin. J'ai dû m'aider de mes doigts pour compter – dimanche, lundi, mardi. Il allait falloir trouver une solution, vite. J'avais peur. Jamais je n'allais réussir à me concentrer. Cette angoisse du temps qu'on n'arrive pas à maîtriser, je ne l'avais pas ressentie depuis les épreuves du bac.

Alors je me suis souvenu que lors d'un stage de formation professionnelle un intervenant nous avait expliqué qu'en cas de difficulté il fallait essayer de formuler les choses par écrit : cela permettait 1° de projeter le problème hors de soi, 2° de le visualiser, 3° de l'analyser, 4° de le résoudre. C'était, assurait-il, une méthode efficace. Mon travail à PHONE SWEET PHONE ne m'avait pas donné l'occasion de mettre ces conseils en pratique. Je suis monté chercher un cahier à spirale que j'avais aperçu la veille dans le secrétaire de la chambre, je me suis installé à la table de la cuisine, j'ai écrit LA SITUATION et j'ai commencé à faire des phrases.

Avant d'en venir à la situation proprement dite, j'ai éprouvé le besoin de préciser quel genre d'homme était mon père et quelles étaient nos relations. Et tandis que j'hésitais pour qualifier celles-ci entre « mauvaises », « compliquées » et « décevantes » – aucun de ces adjectifs ne me donnait le sentiment d'avoir trouvé le mot juste (mais existe-t-il un mot pour dire ces choses-là ?) –, je me suis demandé si ce qui avait suivi la mort de ma mère, ma violence, mon départ, la détérioration de nos rapports, si tout cela n'avait pas affecté mon père plus durement que je ne l'avais cru. Toutes ces années je n'avais pensé qu'à moi. Pour la première fois je prenais conscience de l'importance que j'avais eue, peut-être, dans la vie de mon père. Je n'avais jamais imaginé qu'il pouvait avoir besoin de moi ; sans doute est-ce une chose que tout enfant a du mal à concevoir. Si je m'étais comporté autrement, si j'étais resté auprès de lui, si seulement j'étais venu le voir plus souvent, y aurait-il eu la cage ? Absurde. Ils étaient nombreux les hommes seuls, les veufs, les vieillards brouillés avec leurs enfants : ils prenaient un chien.

Cet éloignement que je me reprochais, peut-être au contraire mon père l'avait-il désiré. Qu'avait-il fait pour se rapprocher de moi, après mon départ ? Pas une fois il n'était venu me rendre visite. Pas une fois, il n'avait paru s'inquiéter de ce dont s'inquiètent les parents d'un jeune homme de dix-huit ans qui vit seul : mon poids, mon sommeil, mes vêtements, ma sexualité, les « mauvaises influences ». Il était temps de me faire à l'idée : cet homme n'était le père de personne et je n'avais rien à voir avec lui.

Rien ? Mon comportement, depuis mon arrivée dans la maison, n'était pas très différent du sien. Cela faisait-il de moi aussi un monstre ? Ne fallait-il pas l'être pour laisser plus d'une minute la captive dans sa cage ? Peut-être, sans le savoir, l'avais-je toujours été. Comment avais-je pu, pendant si longtemps, ne pas voir que mon père était ce qu'il était, sauf à être moi-même atteint du même mal ? Et mon père l'avait deviné. Depuis toujours il l'avait su. C'était la raison pour laquelle il avait gardé ses distances. Il savait que s'il manifestait la moindre inquiétude, s'il ajoutait son angoisse à ma fragilité, il ne ferait que me perturber davantage. Il savait qu'il ne pouvait pas m'aider et qu'il n'y avait qu'une seule chose à faire, lâcher prise.

Le stylo que je tournais, comme au lycée, entre le pouce et l'index est tombé par terre. Je n'ai pas pris la peine de le ramasser. Ce travail d'écriture, loin de m'aider à résoudre la situation, ne contribuait qu'à m'y enfoncer. J'ai refermé le cahier et, sans savoir pourquoi j'y retournais, je suis redescendu à la cave.

C'était là, je crois, que je me sentais le plus à l'aise. Ailleurs, où que je me trouve, quoi que je fasse, mes pensées me ramenaient toujours vers la cave, comme sous l'effet d'une gravitation mentale. Mais dans la cave je ne sentais plus l'attraction de la cave. Dans la cave, je n'avais plus besoin de penser. Il suffisait d'ouvrir les yeux, de respirer, de laisser le temps passer – comme au bord de la mer.

J'entendais, en provenance de la cage, le souffle profond et régulier d'une personne endormie. Prudemment, doucement (comme autrefois, au retour du collège, lorsque je traversais le salon aux volets fermés où somnolait ma mère), je me suis approché, le bougeoir à la main.

Couchée sur le côté, la dormeuse tournait le dos au grillage, si bien que je voyais surtout la chevelure noire, ondulée, un peu crêpelée, qui couvrait l'arrière de la tête. Du visage, je ne pouvais distinguer qu'un profil perdu, assez différent du visage endormi que j'avais contemplé le premier soir – comme un alpiniste qui gravirait le même sommet par deux faces différentes. Ainsi j'avais gardé en mémoire l'image d'un nez court et droit. Seulement ce qui se présentait à ma vue dans cette nouvelle perspective, ce n'était plus l'ossature du nez, c'était son aile gauche ; la finesse, la palpitation de la narine dont j'entrevoyais le dessin oblong, effilé. Mais c'est sur l'oreille que mon attention s'est fixée. L'oreille qui, au premier plan, émergeait de la masse noire de la chevelure comme un coquillage rejeté par la mer. Sur le rebord du pavillon, un minuscule grain de beauté lui donnait, par contraste, des proportions gigantesques. C'était tout un monde, une île, avec ses plis, ses replis, ses criques et, perceptible uniquement à la flamme de la bougie, sa végétation – un fin duvet blanc, semblable aux graminées qui poussent sur les dunes côtières. En suivant la courbe du pavillon le regard descendait jusqu'à la péninsule du lobe, puis était aspiré par l'entrée du conduit auditif. Je me demandais combien de voix s'y étaient déposées. J'essayais d'imaginer le cheminement du son dans le conduit obscur, jusqu'à cet organe en forme de mollusque qu'on appelle l'oreille interne. Et dans mon esprit fatigué je voyais un homme, dont la taille rétrécissait à mesure qu'il avançait, franchir la porte de la cave, descendre l'escalier, s'approcher de la jeune femme, pénétrer dans son conduit auditif, descendre dans l'oreille interne où de nouveau il y aurait un seuil à franchir, un escalier à descendre, et ainsi de suite, à l'infini.

Au sortir de cette rêverie j'étais en train de caresser à travers le grillage, du bout de l'index, le lobe de la jeune femme. Aujourd'hui encore je ne comprends pas d'où est venu ce geste, je ne m'en souviens pas. Je me rappelle m'être dit au contact de la chair : tiens, elle n'a pas les oreilles percées, parce que mes doigts ne rencontraient pas le renfoncement qu'ils étaient habitués à palper au même endroit, une fois que Marion avait retiré tous ses bijoux.

Dans un grognement la jeune femme a changé de position. Immédiatement j'ai retiré mon doigt, pincé la mèche de la bougie. La réveiller n'était pas mon intention. Pendant peut-être une minute je suis resté immobile, en respirant à peine, dans le noir complet. Je n'entendais que le souffle de la dormeuse.

Je suis monté me coucher. J'ai pris deux comprimés. C'était devenu une habitude.

Juste avant de m'endormir j'ai vu ce qu'il y avait à l'intérieur de ma tête : un œuf. Cet œuf contenait le sommeil. Je savais qu'il suffisait de le casser, comme pour préparer une omelette, et aussitôt le sommeil s'écoulerait, se répandrait partout dans mon cerveau.

DIMANCHE 3 MAI

Collée à moi, le visage défait, Marion implorait ma protection : l'oiseleur, l'oiseleur cruel était là qui allait la capturer, il fallait que je lui vienne en aide, elle ne voulait pas mourir ! « Tu ne l'entends pas ? Tu ne l'entends pas venir ? » Elle avait raison : on entendait, au loin, les cages remplies du chant des oiseaux. Marion sanglotait, affolée. Moi-même je commençais à partager son inquiétude. C'est alors que la solution m'est apparue, limpide, évidente. J'ai posé les mains sur les épaules de Marion et je lui ai dit : « Mais tu n'as qu'à te transformer en oiseau, il ne fera pas la différence. » Pourtant Marion n'était pas rassurée : « Non, tu ne comprends pas, il est déjà là ! » En écartant les bras d'un geste théâtral, j'ai déclaré que je ne le voyais pas, moi, l'oiseleur. Mais Marion avait renoncé à me parler. Elle me considérait à présent avec résignation, avec pitié, avec terreur, comme si mes dernières paroles avaient creusé entre nous un gouffre infranchissable. J'entendais, toujours plus insistant, l'appel des oiseaux en cage. Je sentais une présence, derrière moi, dans mon dos, tout près. Lentement je me suis retourné –

Le carillon de la porte d'entrée s'apaisait par degrés. Je me suis précipité à la fenêtre. L'homme qui attendait devant la porte a levé la tête dans ma direction, exposant son visage au soleil déjà haut dans le ciel. Rien de tel que l'éblouissement pour ôter toute contenance à un individu. Les yeux mi-clos, le front plissé, le nez retroussé, les lèvres entrouvertes. Le crâne rasé brillant comme un sou neuf. On aurait dit un bébé constipé. Était-ce un autre voisin compatissant, un vendeur de fibre optique, un homme qui voulait parler de Dieu ? Je suis descendu lui ouvrir en enfilant, dans l'escalier, la robe de chambre de mon père.

Face de bébé n'a pas retourné mon sourire. Il m'a dit bonjour en me regardant droit dans les yeux. Les siens étaient verts, très doux, très calmes. De même que les vôtres ils inspiraient confiance. Après m'avoir présenté sa carte de police il a dit qu'il avait quelques questions à me poser.

J'ai dû pâlir, grimacer, je ne sais pas. On ne se rend jamais compte de la tête qu'on fait. Mais le policier m'a demandé si je me sentais bien. Comme un homme qui vient de recevoir un coup de pioche dans l'estomac, je me sentais.

« Ça va aller, j'ai dit. C'est que je me suis levé un peu trop vite… un étourdissement… »

Il a jugé qu'il valait mieux me faire asseoir quelque part. Il a proposé que nous entrions dans la maison. À quoi bon résister ? Nous sommes passés au salon. La bouteille de whisky que j'avais vidée l'autre soir traînait toujours par terre. Je me suis affalé dans un fauteuil. Les murs, les meubles, le tapis – tout cela n'existait plus, l'espace me paraissait aussi abstrait qu'une salle d'attente. Face de bébé est resté debout. Peut-être attendait-il que je l'invite à s'asseoir. Peut-être prenait-il un certain plaisir à me dominer. Ou bien il était sur ses gardes, prêt à une « interpellation difficile », comme on dit à la télévision. Dans ce cas il ne serait pas venu tout seul. J'ai jeté un œil par la fenêtre du salon. Dans la rue rôdait un grand type vêtu d'une salopette bleue.

Face de bébé a commencé par me demander si j'habitais ici. J'ai expliqué que la maison appartenait à mon père qui venait de décéder. Il y a eu un petit moment condoléant puis les questions ont repris. Elles s'enchaînaient comme dans un cauchemar.

« Mais c'est bien vous qui *résidez* ici en ce moment ? »

J'ai fait oui de la tête.

« Depuis quand ? »

J'ai compté sur mes doigts, c'était le quatrième jour. J'ai ajouté, afin de souligner le caractère éphémère de ma présence, que je repartais le surlendemain.

« Hier, vous étiez ici toute la journée ? »

J'ai parlé de la mairie, des pompes funèbres.

« Vous êtes rentré à quelle heure ? »

J'ai répondu du mieux que j'ai pu.

« Nous avons reçu un appel. Une personne du voisinage prétend avoir été témoin, comment dire… » Il a marqué un temps. Son regard a erré sur les murs du salon avant de se ficher dans mes yeux comme dans une prise électrique.

« D'une altercation violente, en début d'après-midi,

juste devant chez vous. Je me demandais si vous aviez quelque chose à signaler. »

Je me suis efforcé de dissimuler mon soulagement. Mon travail à PHONE SWEET PHONE m'y avait préparé, on se retient d'exulter devant un client qu'on vient de pigeonner.

Je me suis mis à parler de Marion. Elle avait débarqué à l'improviste. Elle se faisait une fausse idée de notre relation. Moi je venais de perdre mon père, je n'avais pas la tête à ça, monsieur l'inspecteur comprenait sans doute, la mort d'un père… Monsieur l'inspecteur a cligné des yeux, lentement : il comprenait. Sûrement j'aurais dû me montrer plus souple, plus diplomate, mais c'était au-dessus de mes forces, je sortais des pompes funèbres, j'étais perturbé. Oui, j'avais été maladroit, et ça l'avait rendue violente, il fallait la comprendre aussi, c'était difficile, une femme mariée, la pression… (j'ai prolongé mon propos en essayant de mimer le phénomène de l'évacuation de la vapeur – l'inspecteur avait l'air de suivre).

« Et puis ?

— Et puis… » Mes mains ont dessiné les degrés d'une échelle invisible.

« L'escalade. Vous pouvez être plus précis ? »

Je lui ai raconté ce qui s'était passé. Et tout en lui parlant je me suis mis à bâiller, cinq ou six fois d'affilée j'ai bâillé, une avalanche de torpeur.

« Je vois que vous êtes fatigué. Je vais vous laisser vous reposer. » Il allait pouvoir rassurer la personne qui avait alerté le commissariat. Les résidents du quartier, a-t-il poursuivi, étaient presque tous des retraités qui tenaient à leur calme, à leur train-train quotidien, ça les rendait un peu, comment dire, nerveux, ils avaient parfois tendance à exagérer.

Moi aussi, ai-je indiqué, si j'avais été le témoin d'une altercation de ce genre, j'aurais cru nécessaire de prévenir les autorités : on n'était jamais trop prudent, avec toutes ces violences faites aux femmes.

Notre conversation avait atteint un degré satisfaisant d'élévation morale. Face de bébé m'a informé que l'incident était clos, à moins bien sûr que Marion ne décide de porter plainte (ce qui, a-il ajouté, semblait peu probable). Je l'ai escorté jusqu'à la porte. En le voyant s'éloigner chauve et pensif dans la lumière zénithale, je me suis demandé de quelle couleur avaient été autrefois ses cheveux.

Une question plus troublante a surgi pendant que je me préparais un café : pourquoi ne lui avais-je rien dit ? Je n'avais qu'à ouvrir la porte de la cave et lui faire descendre l'escalier. Alors pourquoi ce silence ? Ce n'était même pas du silence. De l'inconscience, voilà ce que c'était. Pas une fois, durant notre entretien, la pensée ne m'était venue. Était-ce la peur qui m'avait coupé de moi-même ? Une pulsion de révolte, le refus d'admettre qu'un homme, sous prétexte que l'État lui en donne le pouvoir, s'invite chez un autre et lui pose des questions ? La volonté de maîtriser les circonstances de mon aveu – que cela, au moins, soit à moi ? Enfin, parmi ces diverses spéculations, les anéantissant toutes dans un rire épais, s'insinuait la pensée désolante que peut-être j'avais agi ainsi parce que je n'étais pas bien réveillé. C'était possible, d'autant que les anxiolytiques, me semblait-il, avaient tendance à simplifier le fonctionnement de mon cerveau, à supprimer les embranchements, les bifurcations, les passages, à la façon de ces urbanistes qui remplacent un lacis de ruelles par une artère rectiligne.

J'avais à peine eu le temps d'avaler une gorgée de café quand de nouveau le carillon a sonné. Que me voulait-il encore ? La porte était déjà grande ouverte quand j'ai compris mon erreur.

Devant moi se tenait le type en salopette bleue que j'avais remarqué dans la rue. Tout en franchissant le pas de la porte il m'a expliqué qu'il était obligatoire de procéder, une fois l'an, à une vérification de la chaudière ; dans le cas d'une explosion, ce que bien sûr il ne me souhaitait pas mais sait-on jamais les hasards de la vie, je serais couvert par l'assurance grâce au certificat qu'il allait me délivrer, ça valait mieux, une explosion de chaudière pouvait faire de gros dégâts, si en plus l'assurance refusait de payer, et de toute façon c'était obligatoire, la loi le stipulait, il fallait faire inspecter la chaudière tous les ans, en cinq minutes ce serait réglé.

Il m'étourdissait de ses arguments qu'il débitait en souriant.

La chaudière se trouvait sans doute dans la cave ? La petite porte au fond du couloir ?

Il a fallu que je lui bloque le passage.

Il insistait : cinq minutes chrono.

Je lui ai demandé de sortir. Comme il invoquait la loi j'ai fini par dire que je les connaissais, les pseudo-ramoneurs et les chauffagistes du dimanche, avec leurs certificats bidon et leurs tarifs délirants. Je n'étais pas en colère : imposteur, qui ne l'est pas un peu de nos jours ? Mais je ne pouvais pas le laisser descendre à la cave. Avant de refermer la porte je l'ai encouragé à persévérer dans le voisinage, c'était la bonne moyenne d'âge, il avait toutes ses chances, ça leur apprendrait à me coller les flics sur le dos.

Je me suis approché de la fenêtre. Personne ne semblait surveiller la maison. Seuls quelques couples se dirigeaient vers l'église, qui se trouvait au bout de la rue. Une cloche, annonçant la messe, sonnait à la volée. C'est alors que j'ai repensé à ce que j'avais déclaré à Face de bébé : je repartais le surlendemain. Et la fille, que deviendrait-elle ? Allais-je l'abandonner, la laisser mourir de faim au fond d'une cave obscure ? La cloche sonnait toujours, rythmique comme un appel, insistante comme un reproche : il faut agir, fais quelque chose, sans plus tarder, lève-toi et marche.

Conduire de nuit la captive hors de la ville, la libérer à l'abri des regards, voilà ce que j'allais faire. En lui bandant les yeux, afin qu'elle ne puisse pas localiser la maison. Des environs de la ville, je ne connaissais que la forêt dite « de Sans-Souci », où mon père m'avait emmené quelquefois. L'emplacement semblait idéal. Un endroit isolé, mais proche d'une route passante : ainsi la jeune femme serait retrouvée rapidement. Il fallait louer une voiture, mon père ayant vendu la sienne après un accrochage. Mon téléphone a localisé une agence près de la gare. J'y suis allé après un détour par les pompes funèbres où j'ai déposé un costume pour mon père.

Une demi-heure plus tard, m'étant assuré que personne ne suivait l'Opel Astra que j'avais louée, je m'enfonçais dans la vallée. C'était une de ces journées, fréquentes au printemps, où derrière un ciel tout blanc le soleil est présent partout mais visible nulle part. Éblouissante, diffuse, la lumière me fatiguait les yeux. Par la fenêtre entrouverte me parvenait un air tiède, un peu sucré.

J'imaginais la jeune femme assise à mes côtés. Je lui aurais montré les églantiers sur le bord de la route, la forêt sombre qui s'élevait de part et d'autre, le milan royal dont on pouvait suivre, très haut dans le ciel, le vol circulaire. Nous nous serions arrêtés dans une station-service. Je lui aurais acheté un soda qu'elle aurait bu lentement, à petites gorgées, en tendant le cou pour vider la canette (alors la cicatrice qu'elle avait sous la mâchoire me serait apparue en pleine lumière). Elle aurait demandé à baisser les vitres de la voiture et ses cheveux soudain décoiffés lui auraient recouvert les joues, comme un rideau battant dans un courant d'air.

Au sortir d'un virage j'ai engagé la voiture dans un chemin de traverse où je l'ai garée cinq cents mètres plus loin. La portière a claqué quand je l'ai refermée : il faudrait, le moment venu, faire plus attention (mon père, je me souviens, fermait toujours avec douceur les portières des voitures). De part et d'autre du chemin caillouteux que divisait en son centre une ligne herbeuse, des hêtres, des chênes. Au-dessus, le ciel à peine visible entre les branchages. En contrebas coulait un ruisseau dont on entendait le bruit. L'emplacement était parfait. Personne n'aurait l'idée de venir ici à la nuit tombée, cependant la route était proche. Les pneus, sur les cailloux, ne laisseraient pas de trace. Pour la première fois depuis que j'avais appris la mort de mon père, et malgré la touffeur de l'après-midi, j'ai eu la sensation de respirer pleinement : jusque-là, je n'avais fait que reprendre mon souffle.

Tandis que je retournais vers la voiture un chevreuil a jailli sur ma droite. D'un bond il a traversé le chemin avant de détaler parmi les arbres. Ne subsistait de son passage qu'un distant fracas de branches brisées. Puis plus rien que le battement affolé de mon propre cœur.

Il m'a fallu quelques minutes pour reprendre mes esprits. Au-delà de la surprise il y avait une impression plus durable, plus confuse, comme si j'avais été confronté à un signe que je ne parvenais pas à déchiffrer. À présent (avec ce qu'on appelle le « recul », même si quand je me remémore ces journées j'ai plutôt le sentiment d'y replonger), il me semble que cette apparition me renvoyait à l'autre, à la vision inexplicable du premier soir.

En redémarrant l'Opel Astra je me suis souvenu de l'argumentaire que le type de la location avait accompagné d'œillades équivoques : une voiture un peu nerveuse, peut-être pas le genre qu'on épouse mais parfaite pour une petite escapade romantique. Sur la route sinueuse et déserte, j'ai pris un étrange plaisir à accélérer à la sortie de chaque virage, accélérer jusqu'à l'entrée du virage suivant. Alors je plantais un coup de frein, le volant tournait entre mes mains, la voiture dérapait dans l'axe de la route et mon pied enfonçait de nouveau la pédale de l'accélérateur.

Le proxénète de l'agence avait vu juste, je devais avoir grand besoin d'une « escapade romantique ».

J'ai continué à rouler ainsi, sans but, avant de regagner la ville. Je suis passé dans un centre commercial de la périphérie pour acheter un coupe-boulons. Puis je me suis arrêté devant une pâtisserie ouverte. Je voulais faire plaisir à la jeune femme, lui offrir autre chose, pour son dernier repas dans la cave, qu'un plat surgelé. La boutique où je suis entré était à l'évidence destinée à une clientèle huppée. Les trois vendeuses étaient vêtues d'un tailleur noir. Mon père n'y était probablement jamais allé : ses éclairs au café, il les achetait en boulangerie, à un euro cinquante, et c'était ainsi qu'il les aimait, avec la pâte cartonneuse, le glaçage mat et collant, la crème un peu fade.

C'était Marion – je m'en suis souvenu en passant la porte – qui m'avait donné le goût des desserts plus raffinés. Elle apportait parfois, quand elle venait chez moi, une boîte couleur vert d'eau remplie de petits macarons aux parfums rares : cassis-violette, fleur d'oranger, pétale de rose, qu'elle picorait comme un oiseau. Elle m'avait aussi invité, un soir que son mari était « en congrès », dans un restaurant étoilé. Elle avait été déçue de découvrir à cette occasion que je ne mangeais pas de poisson : j'aurais dû la prévenir, elle aurait réservé ailleurs, c'était tout de même la spécialité de l'établissement, ce filet de saint-pierre sauce retour des Indes. Elle commentait la carte en habituée, devait dîner souvent dans ce genre d'endroits. Quelques recherches sur Internet m'avaient appris que son mari était un promoteur immobilier qui fréquentait plusieurs personnalités politiques : une profession lucrative, semblait-il. Elle n'en parlait jamais.

À la vendeuse qui s'est approchée de moi, j'ai demandé s'il y avait des macarons. Pour le 1er mai, m'a-t-elle annoncé avec un large sourire, le maître-pâtissier avait créé, en édition limitée, des macarons au muguet. J'en ai acheté quatre et je suis rentré.

Jamais je ne me suis senti si calme en présence de l'inconnue que ce soir-là, en partageant son repas. Chez mes grands-parents maternels, à la campagne, il arrivait que des chevaux viennent paître dans un pré voisin de la maison. Un jour, mon grand-père avait posé quelques brins d'herbe sur la paume de ma main et m'avait fait tendre le bras de l'autre côté de la clôture en fil de fer barbelé. L'un des chevaux s'était approché d'un pas lent. Sur le pourtour de son œil étaient posées trois mouches. « Garde la main bien à plat. » Le cheval avait levé la tête à hauteur de ma main et j'avais aperçu ses dents énormes. « N'aie pas peur. » La bouche humide avait frôlé ma paume, les brins d'herbe avaient disparu, les mouches s'étaient envolées. L'image m'est revenue ce soir-là, en voyant l'inconnue manger son gratin de coquillettes puis ses macarons avec la voracité tranquille d'un animal. Elle évitait mon regard, gardait la tête baissée, ne faisait aucun bruit.

Je l'ai considérée longtemps et d'autres images encore se sont superposées à celle que j'avais devant les yeux. Le lézard que j'avais capturé dans un bocal et que je contemplais, fasciné par son aptitude à se figer dans une immobilité que seule troublait la palpitation régulière de ses flancs. La cabane que j'avais aménagée sous un arbuste, un été, avec un ami de rencontre, enfant unique lui aussi ; nous y passions des heures à manger du chocolat aux noisettes en observant le ciel à travers les branchages. La première fille que j'avais embrassée et qui, dès que nos lèvres s'étaient jointes, avait fermé les yeux avec énergie, comme avant un plongeon, tandis que les miens étaient restés ouverts – attentivement, calmement, pensivement ouverts. Était-ce la décision de libérer la captive qui libérait en moi ces souvenirs oubliés ?

Nos regards ont fini par se croiser et il m'a semblé deviner, à la surface des yeux fixes et noirs, de la douceur. À cet instant j'ai senti que s'établissait entre nous un équilibre aussi fragile, aussi profond qu'un accord harmonique, un équilibre où il entrait de la confiance, de l'espoir, de l'attention, de la pitié ; à cet instant j'aurais pu m'endormir devant elle.

Tout à l'heure, lui ai-je promis sans aucune certitude d'être compris, *tout à l'heure je te ramènerai là-haut.* Là-haut, hors de ce monde infernal, de cette cave où nous errions tous deux comme des pensées dans le crâne d'un fou. En remontant l'escalier je me suis demandé si le corps qui s'élevait par degrés hors de la cave était le mien tant il me paraissait léger.

Il ne restait qu'à attendre le cœur de la nuit. J'ai essayé de feuilleter le traité de « Zoologie passionnelle » que j'avais trouvé dans le coffre de la chambre : « Le chasseur est l'homme fort qui ne relève que de son droit et de son arme, qui ne subit le joug d'aucune tyrannie, qui préfère la mort à l'esclavage... » Je n'arrivais pas à comprendre l'usage que mon père pouvait avoir de ce livre : s'imaginait-il que c'était un objet de valeur ?

Je suis sorti me dégourdir les jambes. Bientôt je marchais dans les ruelles de la vieille ville, parmi les traînées d'urine et les déjections d'oiseau, le long des façades en pierre volcanique. Dimanche soir. Tout était très calme. Sortant du cinéma, quelques couples enlacés rentraient chez eux d'un pas lent, donnant l'impression d'évoluer eux-mêmes dans le décor d'un film. Les réverbères se sont allumés. Peu à peu les rues se sont vidées. Je n'entendais plus que le bruit de mes propres pas sur les pavés. Je suis arrivé en vue d'une place : une fontaine, un banc de pierre où je comptais m'asseoir quand, sous un porche, se sont élevés des grognements. J'ai bifurqué dans la première à gauche. Une enseigne lumineuse signalait un bar ouvert. Les tubes de néon vert formaient les mots : PAPA POULE. J'ai pris une autre rue, mais la vieille ville ne m'était pas familière et quelques minutes plus tard, sans que je comprenne comment, l'enseigne verte de PAPA POULE se présentait de nouveau à mes yeux.

Derrière la vitrine, baignant dans un éclairage rose, des fauteuils et des tabourets de cuir blanc. Deux hommes discutaient en buvant un alcool fort ; une femme seule, au comptoir, inclinait la tête vers une paille plongée dans un cocktail vert. Vêtu d'une chemise noire, le barman ondulait au rythme d'une musique que je n'entendais pas. J'ai poussé la porte, je me suis installé au comptoir et j'ai commandé un bloody mary. Ça ne me ferait pas de mal, un petit verre, avant la longue nuit qui m'attendait.

Lorsque j'ai été servi, la femme s'est tournée vers moi et dans un sourire où se lisait un enjouement contenu elle a dit : couleurs complémentaires. Comme je la regardais sans comprendre, elle a expliqué : rouge, vert, en pointant du doigt nos deux breuvages, et elle a eu le même sourire tranquillement amusé. Elle avait les joues un peu tombantes, les cheveux blonds et bouclés, une soixantaine d'années peut-être, un nez charnu, arrondi, qui exprimait la bienveillance. J'ai dit : tiens, c'est vrai, et la conversation s'est engagée. Elle s'appelait Annette et avait un fils qui devait avoir mon âge. Il ne trouvait pas de travail. J'ai dit que les gens de ma génération mettaient plusieurs années à trouver du travail, pas forcément le travail qu'ils espéraient, moi par exemple – mais elle m'a interrompu et d'une voix douce, très vite, comme on avoue un secret, elle a murmuré que dans le cas de son fils, c'était un peu spécial.

Je lui ai demandé si elle venait souvent chez PAPA POULE et ce qu'elle en pensait. Elle n'avait pas à se plaindre, le patron lui offrait toutes ses consommations. Je trouvais ça sympathique de la part du patron. À condition, a-t-elle repris, que je sois gentille avec les clients ; avec ceux qui me plaisent, et de nouveau ses lèvres ont formé le sourire qui leur était familier. Puis elle a évoqué les divers établissements qu'elle avait fréquentés par le passé, et notamment un club des environs de la capitale où elle prétendait avoir vu, en 72, Alain Delon. J'étais intarissable sur le sujet, 72, c'était l'année d'*Un flic*, le commissaire Coleman patrouillant sur les Champs-Élysées, la nuit tombée, au volant de sa Plymouth Fury… J'avais envisagé, à un moment, de faire des études de cinéma mais je n'avais jamais réussi à m'inscrire à l'université. En posant sa main sur la mienne Annette m'a demandé pourquoi je ne m'étais pas inscrit, et moi je me suis demandé pourquoi je parlais à une femme que je ne connaissais pas d'une période de ma vie dont je ne parlais d'ordinaire à personne. Je me sentais à l'aise et j'ai commandé un deuxième bloody mary.

Voyant que je vidais mon verre d'un trait Annette a déclaré, sur le ton que prendrait un médecin pour diagnostiquer une maladie, qu'il y avait une fille dans ma vie.

« En un sens, oui… »

J'avais envie de tout lui raconter mais je ne savais pas par où commencer et j'ai soupiré d'un air gêné.

« … mais c'est compliqué. Chacun ses affaires, ça va, j'ai compris », a-t-elle conclu en ajoutant quelques mots à peine audibles qui devaient constituer une sorte de ponctuation intime dont elle prolongeait certaines de ses phrases, comme le mauvais temps laisse derrière lui ce que les présentateurs météo nomment « ciel de traîne ». Parce qu'ils n'avaient pas été prononcés à mon intention, ces mots ne sont parvenus à ma conscience qu'après le délai nécessaire à leur déchiffrement, si bien qu'Annette était en train de me parler d'autre chose quand j'ai pleinement saisi ce qu'elle venait de dire : *desserre le string.* Or cette expression, j'avais été surpris de l'entendre un jour dans la bouche de mon père. La tenait-il d'Annette ? Se connaissaient-ils tous deux ? S'étaient-ils rencontrés chez

PAPA POULE ? Se voyaient-ils régulièrement ? Avaient-ils couché ensemble ? Savait-elle des choses que j'ignorais ? Était-elle au courant, pour la cave ? Mon père était-il au centre d'un réseau, organisait-on chez lui des orgies, des viols collectifs, y tournait-on des films immondes ? Jérôme Duroselle était-il impliqué lui aussi ? Annette savait-elle qui j'étais, m'avait-elle reconnu ? Produisant sur moi l'effet inverse de leur signification, ces trois mots anodins creusaient le trou dont je cherchais à sortir. Annette m'a demandé si je me sentais bien. J'ai répondu que j'avais besoin d'un verre et le barman m'a servi un troisième bloody mary.

Une autre idée, plus bizarre encore, m'a traversé l'esprit. Comme Face de bébé, comme le chauffagiste, Annette faisait partie d'un dispositif de surveillance. On soupçonnait quelque chose. Mon père avait dû attirer de son vivant, par une imprudence quelconque, l'attention des autorités. Peut-être même avait-il confié à un notaire une lettre destinée à être ouverte après sa mort, dans laquelle il expliquait tout. Non seulement il m'avait imposé cette situation, mais il avait fourni à la police le moyen de me coincer. En portant le verre à mes lèvres je me suis aperçu qu'il était déjà vide et j'en ai commandé un autre.

Avec des intonations maternelles Annette a dit que tout se passerait bien, qu'elle était là, que nous pouvions, si je voulais, monter à l'étage où il y avait une chambre à la disposition des clients qui souhaitaient se détendre. D'un geste mal maîtrisé j'ai écarté la main qu'elle venait de poser sur la mienne, et le verre que le barman venait de remplir s'est renversé sur le comptoir – lentement, doucement, comme au ralenti.

Il était temps de partir. Annette est sortie avec moi. Je claquais des dents. Elle a voulu me prendre dans ses bras. Je me suis dégagé et je lui ai dit que j'allais rentrer chez moi. Elle a acquiescé de son sourire tranquille qui, à la manière d'un couteau suisse, semblait servir à la fois pour rompre et pour séduire, pour promettre et pour regretter, pour plaindre et pour admirer – mais j'ai vu que son regard se troublait. J'ai détourné les yeux : derrière la vitrine de PAPA POULE, le barman passait un torchon, lentement, sur le comptoir dégoulinant de bloody mary.

Annette me regardait toujours. J'ai cru comprendre qu'elle avait peur de la solitude, peur de la nuit, peur d'elle-même et peur de tout. L'idée m'a traversé qu'elle avait déjà dû songer, plus d'une fois, à en finir. Je l'ai embrassée sur la joue et, comme on fait quand on s'en va, sans la quitter des yeux, j'ai reculé de quelques pas. La fixité douloureuse de son regard m'a rappelé l'angoisse qui tordait le visage de Marion dans mon rêve matinal, et le regard effrayé de l'inconnue derrière le grillage, et la peur que j'avais vue au fond des yeux de ma mère, lors de ma dernière visite à l'hôpital. Et dans l'étrange limpidité de l'ivresse ma vie m'est apparue comme un long couloir hanté de femmes que je n'avais pas su aider.

LUNDI 4 MAI

Je suis rentré peu après minuit. Équipé du coupe-boulons que j'avais acheté au centre commercial et de deux foulards, un pour nouer les mains de l'inconnue, un autre pour lui bander les yeux, j'étais sur le point de descendre à la cave quand une pensée m'a retenu. Elle ne serait pas capable, une fois libérée, de localiser la maison, mais elle se souviendrait de mon visage. La police lui en demanderait une description. Un portrait-robot serait diffusé partout, dans les commissariats, les gares, les banques : mes yeux enfoncés, mes cheveux jaunes, mes joues rouges et pleines, et ce grain de beauté sur la tempe qui m'a parfois paru désigner « l'emplacement exact », mais de quoi ?

Ce n'était pas une raison pour renoncer. La jeune femme ne m'avait jamais vu longtemps, et toujours dans la pénombre. C'était surtout cette nuit qu'elle aurait l'occasion de me dévisager. Je suis remonté dans la chambre où j'ai découpé trois trous dans une taie d'oreiller, deux pour les yeux, un pour la bouche. Après avoir glissé cette espèce de cagoule sur ma tête, le bougeoir dans une main, le coupe-boulons et les foulards dans l'autre, je me suis engagé dans l'escalier.

J'avais la certitude qu'en libérant la jeune femme j'accomplissais un acte juste. Et grâce aux trois bloody mary que je venais d'avaler, la satisfaction que m'inspirait cette pensée s'élargissait, se dilatait, comme les formes dont la bougie projetait les ombres démesurées sur le mur de la cave.

La captive était endormie. Une dernière fois je me suis penché, dans l'espoir confus d'en cueillir le secret, sur ce visage autour duquel rayonnait la chevelure noire étalée sur l'oreiller. Elle était étendue sur le dos, un bras pendant à demi hors du lit comme si, couchée à bord d'une barque, elle avait voulu effleurer la surface du flot, les paupières frémissantes, les lèvres traversées d'un souffle irrégulier, léger, qui indiquait qu'elle n'avait pas encore versé dans un sommeil profond, qu'elle flottait entre deux mondes.

J'ai contourné la cage et je me suis mis au travail. Quelques minutes plus tard, assise au bord du lit, la jeune femme réveillée par le bruit posait sur moi son regard fixe et dur. Reconnaissait-elle, sous la taie d'oreiller qui masquait mon visage, le visiteur gêné des derniers jours ?

Lorsque j'ai eu aménagé dans le grillage une ouverture suffisante pour laisser passer un corps de la taille du sien, je lui ai fait signe d'approcher. Elle n'a pas bougé du lit. J'ai renouvelé mon invitation. Les yeux noirs n'exprimaient toujours rien. L'espace d'un instant j'ai cru qu'elle ne voudrait pas sortir, qu'elle était contente de se trouver là, qu'elle n'avait jamais rien voulu d'autre. Une troisième fois j'ai fait de la main le geste de l'appeler. Alors, à plat ventre, tête la première, elle s'est engagée dans le passage que je lui avais ménagé. Tandis qu'elle s'extirpait lentement, un membre après l'autre, de la cage, je surveillais sa progression avec l'attention d'un obstétricien, prêt à lui nouer les mains dès qu'elle serait libre de ses mouvements. Mais un mot est sorti de sa bouche, un seul, un peu brouillé – semblable à ces mots qu'on prononce en dormant – mais reconnaissable entre tous : mon prénom.

C'était comme si une ventouse s'abouchait à ma poitrine pour m'aspirer tout entier. Il ne restait que des questions : comment savait-elle, que savait-elle d'autre, pouvais-je encore la laisser partir ? Quelque chose, un affaissement des épaules, un affolement du regard, un geste suspendu, a dû trahir cet effondrement intérieur. Car le bouleversement qui venait de s'opérer en moi, cette survenue brutale du doute et de la peur, j'en ai capté le reflet, immédiatement, dans les yeux noirs qui me dévisageaient. Eux aussi, le doute et la peur les avaient contaminés. Deux animaux apeurés, privés de tout repère, sur un terrain dangereux, voilà ce qu'en l'espace d'une seconde nous sommes devenus et il était impossible de revenir en arrière. La dernière chose dont je me souvienne clairement, c'est qu'au moment de prendre ma respiration sous la taie d'oreiller j'ai senti s'insinuer dans mes narines, derrière la fraîcheur de la lessive, une odeur familière d'agrumes et de transpiration. Puis il y a eu un voile devant mes yeux car la jeune femme a tiré sur la taie et les trous que j'avais découpés ne correspondaient plus à rien. L'instant d'après j'ai reçu derrière la tête un coup qui m'a fait vaciller. Quand j'ai voulu retirer la taie mes mains ont touché des flammes. C'était avec le bougeoir qu'elle m'avait frappé, et la taie s'était enflammée, et j'avais l'impression que ma tête aussi était en feu, que mes cheveux flambaient comme de la paille. J'étouffais, je ne voyais rien, je ne savais pas ce que je faisais, et quand enfin j'ai réussi à retirer la taie je sentais toujours brûler ma tête. Et j'ai chargé droit devant moi, les yeux piquants, le souffle coupé, les bras tendus vers la silhouette qui s'enfuyait dans l'escalier.

Ce qui s'est passé alors, je n'arrive pas à me le rappeler. J'essaie pourtant, chaque jour j'essaie, mais il y a dans cette zone de ma mémoire comme un blanc.

C'est la douleur qui m'a fait revenir à moi, une douleur si aiguë, dans la nuque, que j'ai poussé un cri. Le corps de la jeune femme était étendu à mes côtés, au pied de l'escalier, face contre terre. J'ai constaté qu'il y avait du sang autour de la tête et que le pouls ne battait plus.

Momentanément la douleur a cessé. Elle est revenue, plus forte, plus déchirante. Mais ce n'était pas la brûlure qui me faisait gémir et panteler, qui poussait des larmes hors de mes yeux, c'était un soulèvement désespéré contre l'évidence, le refus d'admettre ce désastre advenu par ma faute et que je n'avais pas voulu.

Vous avez eu accès, je suppose, au rapport d'autopsie. Dans ce cas vous avez lu les mots : *fracture du crâne (favorisée par une déminéralisation osseuse consécutive à la réclusion prolongée de la victime), embarrure temporo-pariétale droite, hémorragie diffuse ayant entraîné la mort immédiate.* Vous essayez de vous représenter la chose. Vous vous demandez comment cela a pu se produire. Moi aussi. Je pense que j'ai dû rattraper la fugitive par la cheville et qu'elle est tombée tête la première contre une marche. Puis son corps a glissé jusqu'au pied de l'escalier. Il y avait un peu de sang sur les marches.

Je suis monté dans la salle de bains me rafraîchir la tête sous la douche. Il n'était plus question de penser, juste de respirer normalement. Je ne sentais rien d'autre que le jet d'eau sur ma nuque. Au sortir de la douche, à l'aide d'un miroir, j'ai examiné la brûlure. La surface en était assez réduite et j'avais très mal. C'était bon signe. Les brûlures les plus graves, je savais cela, sont celles qui, en détruisant complètement la peau, anéantissent aussi toute sensation. Il n'y avait qu'à attendre la cicatrisation. Je suis allé chercher un accumulateur de glace dans le congélateur de la cuisine et je l'ai roulé dans un torchon que j'ai sanglé de bandes de scotch marron. J'ai plaqué le torchon contre ma nuque en collant le scotch à mes mâchoires et à mon cou. Et je me suis accoudé à la table de la cuisine.

Une chose est certaine : pas une fois, cette nuit-là, je n'ai envisagé d'alerter la police. Il était trop tard, bien trop tard – il avait toujours été trop tard, je crois. Peut-être étais-je obscurément persuadé qu'en me débarrassant du corps je me débarrasserais du crime.

Je me sentais assez détaché de la situation, que j'analysais en termes pratiques et non moraux. À vous de déterminer s'il s'agit d'une preuve d'indifférence ou si, comme dans le cas des brûlures, cette anesthésie morale est le symptôme d'une destruction plus grave.

Je pouvais disposer du corps à l'extérieur de la maison ou à l'intérieur. L'inconvénient de la première solution était qu'on pouvait m'apercevoir. La seconde paraissait plus sûre. Restait à savoir quoi faire. En l'absence de jardin je ne pouvais pas enterrer le corps. Que faire alors, le détruire ? Comment s'y prenait-on ? Même à supposer que je trouve les outils nécessaires, saurais-je m'en servir ? Mon père, je me suis dit, aurait probablement su quoi faire. Mon grand-père aussi, l'ouvrier : de son temps, travailler, c'était se servir de ses mains. Moi, je n'avais jamais manipulé que des cartes SIM, en fronçant les sourcils, afin de laisser croire aux clients que les opérations auxquelles je me livrais requéraient une extrême dextérité. Une seule idée, peu convaincante, me venait à l'esprit : demander à mon téléphone « comment faire disparaître un cadavre chez soi ».

Je suis redescendu à la cave et j'ai retourné la jeune femme sur le dos : une mouche s'est envolée. J'ai passé les mains sur les paupières puis je me suis dit qu'il fallait éviter de laisser des empreintes parce que j'allais devoir me débarrasser du corps hors de la maison. C'était, même si elle présentait quelques risques, la solution la plus simple.

Je suis remonté à la cuisine enfiler des gants de vaisselle – et tandis que je les faisais péniblement glisser sur mes mains trop larges, j'ai revu avec netteté les mains effilées de mon père battre la mesure d'une symphonie qui passait à la radio le jour où nous avions enterré ma mère. J'ai pris également une bassine, du savon, une éponge, et je suis retourné à la cave où, après l'avoir dévêtu, j'ai nettoyé le corps. Puis je l'ai enveloppé dans un vieux sac de couchage – vestige des étés antérieurs à ma naissance où mes parents partaient camper – que j'ai traîné de marche en marche jusqu'en haut de l'escalier. J'avais pris soin de garer l'Opel Astra devant la maison. À bout de bras j'ai porté le sac jusqu'à la voiture. Deux heures vingt. La rue était déserte. Pas une lumière ne brillait aux fenêtres. Après avoir déposé le sac de couchage dans le coffre je me suis dit que ce linceul dérisoire avait peut-être été le théâtre de ma non moins dérisoire conception et les choses m'ont paru obéir à une étrange et rigoureuse logique. Je suis retourné à la cave chercher une pelle, j'ai fermé la maison et j'ai démarré la voiture.

Avec l'aide du GPS de mon téléphone j'ai pu quitter la ville en évitant les rues principales et je suis arrivé jusqu'à la route de Sans-Souci sans croiser un seul véhicule. J'ai bifurqué dans le chemin de traverse et, tous feux éteints, j'ai avancé jusqu'à l'emplacement que j'avais repéré plus tôt dans l'après-midi. On n'entendait rien d'autre que le roulis des cailloux sous les pneus. J'ai pris soin de retenir la portière pour éviter qu'elle ne claque. La nuit était douce, avec, m'a-t-il semblé, une odeur de muguet dans l'air. J'ai voulu lever la tête vers le ciel étoilé mais j'ai senti une flamme dans la nuque et j'ai dû renoncer. Un instituteur, autrefois, avait essayé de nous apprendre à identifier les constellations : la Grande Ourse, Cassiopée… Je n'avais retenu que les mythes qui expliquaient leur naissance. Le plus souvent, une jeune femme pourchassée par un monstre cruel implorait les divinités protectrices qui, prises de pitié, accordaient à son corps épuisé la grâce d'une métamorphose astrale. Mais ces dieux étaient morts et toutes les constellations portaient un nom maintenant : le cadavre couché dans le coffre de la voiture ne serait qu'un astre glauque au ciel bourbeux des faits divers.

J'ai emporté la pelle et je me suis enfoncé dans le sous-bois. Sous mes pas le sol était tendre. Arrivé à une vingtaine de mètres du chemin je me suis mis à creuser. Des bruits venaient d'un peu partout, le choc sourd de la pelle, l'appel d'un oiseau de nuit, le craquement d'une branche, la crépitation d'une feuille, le chant d'un crapaud, le murmure du ruisseau qui coulait en contrebas. Me parvenait aussi, par bouffées, l'odeur du muguet qui poussait au pied des chênes. Cette odeur que j'avais toujours trouvée agréable me dégoûtait à présent : en son fond gisait quelque chose de douceâtre et de nauséabond, comme une chair de vieillard sur un lit d'hôpital. Dans tous les parfums, même les plus frais, même le vôtre, dans tous les parfums je sens la mort depuis cette nuit-là.

Je me suis arrêté vers quatre heures : il fallait que je sois rentré avant le lever du jour. Je suis retourné à la voiture chercher le sac de couchage que j'ai porté jusqu'à la fosse. Mais le corps était tout recroquevillé et je n'arrivais pas à le faire glisser hors du sac parce qu'il était devenu rigide au fil des heures passées dans le coffre de la voiture. J'ai dû moi-même en assouplir les membres. Enfin je suis parvenu à l'étendre dans la fosse. Je l'ai recouvert rapidement : je n'avais pas le temps de m'appliquer. Des bruits toujours plus nombreux m'entouraient. Le vent devait avoir tourné parce que je ne sentais plus l'odeur du muguet.

Tant pis si le cadavre était découvert. Tôt ou tard il le serait. Même si c'était le cas, même si on trouvait des empreintes de pas ou toute autre trace similaire, je ne risquais rien. Mes rapports avec la victime étaient, par la force des choses, ignorés de tous. Ce n'était pas ma femme, ce n'était pas ma maîtresse, ce n'était pas un ennemi notoire que je venais d'éliminer. Personne ne penserait à me soupçonner. L'absurdité de mon crime me protégeait. Le plus important était de ne pas attirer l'attention sur le chemin du retour. J'ai décidé que je ferais une partie du trajet au point mort – la route suivait sur deux kilomètres une pente descendante –, tous feux éteints. Ainsi même un berger perché sur les hauteurs ne remarquerait pas mon passage.

Avant de remonter dans la voiture j'ai considéré une dernière fois le chemin caillouteux, les arbres, ce lieu qui invitait à la confiance, à la sérénité. Le ciel bleuissait. On commençait à discerner des formes. Lorsque j'ai ouvert la portière de la voiture j'ai entendu battre les ailes d'un oiseau.

Je suis parvenu à rentrer sans croiser personne. C'est, je vous l'ai dit, une ville où la nuit les gens dorment. L'accumulateur de glace avait perdu toute sa fraîcheur. La douleur revenait dans mon cou. De retour à la maison je me suis préparé un café, j'ai posé un nouvel accumulateur derrière ma nuque et je suis descendu à la cave où j'ai travaillé à élargir l'ouverture dans le grillage. Dès que l'espace est devenu suffisant je suis entré dans la cage et j'en ai retiré le radiateur électrique, la table basse, le lit de camp avec les draps. Je n'ai pas touché au bloc sanitaire raccordé à la colonne de chute, craignant de trafiquer la plomberie. Puis j'ai transporté, l'un après l'autre, les meubles jusque dans la rue et je les ai déposés sur le trottoir d'en face où ils devaient être emportés, au petit matin, par le service des encombrants que j'avais prévenu sur Internet.

Ce qui restait à l'intérieur de la cage, je l'ai entassé dans un recoin de la cave. Ici et là traînaient des objets que je n'avais pas remarqués auparavant, quand toute mon attention était occupée par la jeune femme. Un jeu de cartes, incomplet ; le papier d'emballage d'une tablette de chocolat ; un tube de vitamines ; un coupe-ongles ; un vieux bloc de papier à lettres à en-tête de la direction générale des impôts ; un paquet de tampons hygiéniques ; un bleuet séché ; une couronne en carton semblable à celles qui sont vendues avec la galette des rois ; un petit flacon de parfum, vide ; une pomme de pin ; un pot de crème Nivea, la crème qu'utilisait ma mère, et dont l'odeur imprégnait sa peau quand elle venait, le soir, m'embrasser dans mon lit. Chacun de ces objets esquissait une histoire que je n'avais pas la force d'imaginer.

J'ai continué à découper le grillage. C'était « plus net », me disais-je, de finir ce que j'avais commencé. Je crois que derrière ce prétexte (qui venait de mon père, je n'avais pas l'habitude, moi, de raisonner en termes de netteté, mais qu'étaient devenues mes habitudes, qu'est devenu ce moi dont je vous parle ?), derrière ce prétexte se cachait le besoin d'agir sans fin pour ne plus penser, pour passer de l'action au sommeil et du sommeil à l'action, comme une bête.

Il ne restait plus rien de la cage quand j'ai terminé, un peu avant midi. Cela faisait vingt-quatre heures que je n'avais pas dormi. J'ai repris la voiture jusqu'à la décharge où je me suis débarrassé des décombres du grillage ainsi que du survêtement rouge, du plateau-repas et des divers objets que j'avais trouvés dans la cage. Enfin j'ai nettoyé la cave à l'eau de Javel, j'ai pris une longue douche et je me suis couché après avoir glissé sous ma nuque un nouvel accumulateur de glace. Mais je n'arrivais pas à m'endormir. Je voyais toujours, inlassablement, surgir la peur dans le regard de l'inconnue à l'instant où elle avait détecté ma propre angoisse. J'ai ouvert le traité de « Zoologie passionnelle » posé sur la table de nuit : « Les Chinois, qui sont des gens bien autrement avancés que nous dans l'art de tirer parti des bêtes, ont complètement domestiqué la loutre depuis des siècles. » Mais j'étais absolument incapable de me concentrer et j'ai fini par avaler deux comprimés.

Quelques instants plus tard Face de bébé sonnait à la porte – mais comment pouvais-je savoir que c'était lui puisque je n'avais pas encore ouvert ? « Je comprends, je suis en train de rêver », me disais-je en descendant ouvrir. Seulement l'homme qui se tenait sur le pas de la porte n'était pas Face de bébé. C'était Franck, vêtu de l'espèce de casaque rouge qu'il portait à PHONE SWEET PHONE. Il m'a présenté une petite cage recouverte d'une taie d'oreiller : « Voilà, je te l'ai rapportée... » Comme je le remerciais, il a poursuivi (la cage suspendue à un anneau oscillait au bout de son index) : « La prochaine fois, fais un peu plus attention. En règle générale tout le monde parvient à garder la sienne. Tu sais, ici, c'est une ville très calme, beaucoup de retraités, des familles... On essaie d'éviter les incidents de ce genre. Ton père s'y prenait très bien pour garder la sienne, en vrai professionnel qu'il a toujours été. Toi, par contre, hein. Heureusement qu'on te l'a rapportée. » Au prix d'un grand effort je parvenais à articuler : « Quoi, la sienne ? sa cage ? sa loutre ? » Après s'être esclaffé Franck a répondu : « Sois gentil, j'ai du boulot moi. Tu ne veux quand même pas m'obliger à faire un rapport ? » Et il est reparti sans me donner la cage. J'ai voulu l'appeler, lui signaler son oubli, mais la porte m'a claqué au visage.

Dix-sept heures quarante-neuf, indiquait mon téléphone. Un numéro inconnu m'avait appelé huit fois en début d'après-midi. On avait laissé trois messages. Dans le premier, Maxime des pompes funèbres se permettait de me rappeler que la cérémonie d'hommage à mon papa allait commencer dans cinq minutes. Dans le deuxième, il me priait de bien vouloir le tenir au courant de ma situation, faute de quoi il serait dans l'obligation de considérer mon absence comme volontaire. Dans le troisième, il m'informait que la cérémonie s'était parfaitement déroulée. Un M. Duroselle avait fait envoyer une gerbe de fleurs.

Le mouvement que j'ai fait pour reposer le téléphone

sur la table de nuit a provoqué dans mon cou comme une décharge électrique. Ce n'est pas à mon père que j'ai pensé alors, mon père que j'avais laissé brûler tout seul sous la surveillance de Maxime des pompes funèbres, mais au travail que je devais reprendre deux jours plus tard. Je m'en sentais absolument incapable. J'avais besoin de me faire prescrire un arrêt. Je n'aurais qu'à raconter que je m'étais brûlé en flambant une crêpe dans la cuisine et que la mort de mon père m'avait profondément déprimé. Le docteur Lavergne se montrerait compréhensif. Si je prenais le train de onze heures cinquante-quatre le lendemain, j'aurais le temps de passer au cabinet médical en fin d'après-midi. La pensée que je pouvais me retrouver, moins de vingt-quatre heures plus tard, dans la salle d'attente du docteur Lavergne, loin de la maison, loin de la cave, en train de feuilleter *30 millions d'amis* entre une grand-mère grippée et un adolescent bronchiteux, me semblait aussi irréelle que les rêveries qu'on élabore en remplissant un ticket de loto. Pourtant c'était mon avenir : j'allais rentrer chez moi, reprendre une vie normale, loin de l'agitation et de la démence de ces quatre jours. Et j'essayais de donner consistance à cette hypothèse.

C'est ainsi que, pour préparer mon départ, j'ai décidé de mettre un peu d'ordre dans la maison. J'ai commencé par la chambre : tous les objets que j'avais dispersés, je les ai rangés avec soin – les volumes du code général des impôts, les papiers du secrétaire, le contenu du coffre-fort. Le traité de zoologie passionnelle avait laissé une trace sur le mur lorsque je l'y avais projeté dans un accès de rage ;

une petite trace brune, à cause du cuir de la reliure je suppose. Je me suis mis à frotter le mur avec une éponge pour la faire disparaître. Je tenais à ce que la maison, à mon départ, soit aussi propre qu'à mon arrivée. J'avais l'intention de la mettre en vente immédiatement pour en être débarrassé. J'ai d'ailleurs interrompu mon nettoyage pour appeler une agence. Nous sommes convenus d'un rendez-vous le lendemain matin : un employé de l'agence passerait estimer la maison et je lui confierais un double des clefs. J'ai demandé à ce qu'il vienne le plus tôt possible afin que j'aie le temps, ensuite, de me rendre à la gare.

La tache, sur le mur, ne partait pas. Elle était minuscule pourtant, et sans doute perceptible uniquement à un œil déjà prévenu de son existence. J'ai frotté de nouveau avec énergie, mais en vain, et j'ai baissé la tête, découragé. C'est à ce moment que cette étrange idée m'est venue : tout aurait été plus simple si je n'étais pas descendu dans la cave, si je n'étais pas venu enterrer mon père. La jeune femme serait morte également, de faim, mais sans passer par l'espoir, l'inquiétude, l'attente, la terreur – qui sait ce qu'elle avait ressenti durant ces quatre jours ?

L'instant d'après je me mordais les lèvres : à quoi bon ces spéculations ? Dans quel repli moisi de mon cerveau pouvaient-elles germer ? Et je me remettais à frotter le mur. Je commençais à comprendre que j'allais devoir passer le restant de mes jours à m'occuper, que ce serait là mon principal défi : trouver quelque chose à faire, quelque chose qui m'empêche de penser. Mon travail à PHONE SWEET PHONE, je le pressentais, n'y suffirait pas. Trop d'heures inactives, les bras croisés, sur le tabouret pivotant. Et les téléphones me feraient toujours souvenir de cet appel que je n'avais pas su passer. Peu à peu je prenais conscience que tout, tout le temps, me ramènerait au souvenir de ces quatre jours, comme un enfant qu'on traîne, malgré lui, tous les matins, à l'école : la vue d'une femme endormie, l'usage du micro-ondes, la lecture d'un fait divers. Vivre me serait impossible ; l'était déjà : que faire, à part frotter sans fin le mur ?

Ma respiration s'est bloquée. Je me suis traîné jusque dans la salle de bains où j'ai avalé coup sur coup deux comprimés d'un milligramme. Puis je me suis demandé si c'était une bonne idée, quatre comprimés le même jour. Je suis resté un moment debout devant la glace, les mains crispées sur le rebord du lavabo.

J'ai décidé que j'avais besoin de me changer les idées, de prendre un peu d'air frais. Cela m'aurait fait du bien. Je me sentais encore ensuqué dans ma sieste. Mais je n'osais pas sortir. Je craignais d'attirer l'attention. Il fallait être prudent : on avait peut-être déjà découvert le corps.

Je suis descendu au salon et j'ai allumé la télévision, à la recherche d'une chaîne d'information continue. Un journaliste en faction devant le tribunal de grande instance de Nanterre parlait avec animation d'une affaire de corruption concernant l'attribution du marché public de l'éclairage nocturne dans le département des Hauts-de-Seine. Un autre, au pied d'un immeuble détruit, rendait compte d'une explosion au gaz qui avait coûté la vie à six personnes. Un autre, au bord de l'océan, évoquait les intempéries à venir. Un autre, à la porte d'un stade, analysait la composition des équipes. Aucune mention de la forêt de Sans-Souci. J'ai ressenti une forme de soulagement : il me semblait que la jeune femme ne serait pas complètement morte tant que le corps ne serait pas découvert.

En studio, un économiste évoquait la suppression de la demi-part de quotient familial accordée aux parents isolés, dite « demi-part des veuves », et j'ai pensé à Jérôme Duroselle. Il devait se demander pourquoi je n'étais pas venu à l'enterrement. J'ai eu envie de lui rendre visite. Il m'offrirait une Suze ou un pastis. Nous boirions à la santé de mon père sur une table en noyer massif. Après quoi, peut-être, il me proposerait de jouer aux dominos. Son chat – j'étais sûr qu'il en avait un – se frotterait à mes mollets. Peut-être qu'après une ou deux parties de dominos Jérôme Duroselle m'inviterait à rester pour le dîner. Comme je le remercierais de son hospitalité, il me dirait : « Vous pouvez revenir quand vous voulez. » Et il ajouterait, les yeux baissés, en rougissant : « Vous êtes pour moi comme un fils. »

Le présentateur a annoncé que les principaux titres de l'actualité seraient développés après une page de publicité et j'ai erré de chaîne en chaîne. Parmi les images qui, durant quelques secondes, se sont présentées à ma vue, celle-ci. Un film en noir et blanc, extérieur nuit. Sur un rocher, au bord d'une rivière, un crapaud occupe le premier plan. Derrière, une barque à bord de laquelle sont assis deux enfants dérive doucement, portée par le courant.

L'un des enfants chante une berceuse. Le crapaud tourne la tête pour suivre la barque du regard.

Je suis revenu à la chaîne d'information continue, mais la publicité n'avait pas cessé. Une femme d'une quarantaine d'années faisait l'éloge de serviettes hygiéniques. C'était leur discrétion, assurait-elle, qu'elle appréciait tout particulièrement.

Je suis retourné voir où en était le film en noir en blanc. C'était la même rivière scintillante, la même barque, les mêmes enfants. Mais cette fois-ci, sur la berge, au premier plan, il y avait deux lapins. Le corps palpitant, les oreilles frémissantes, le museau tremblant, ils regardaient passer la barque.

J'ai fini par appeler Marion, en éteignant de l'autre main la télévision. J'y pensais depuis que j'avais vu la publicité pour les serviettes hygiéniques. La femme lui ressemblait un peu, la même coiffure. Je regrettais de n'avoir pas su garder mon calme quand elle était venue : c'était tout de même gentil de sa part, cette visite.

Il n'y a eu que deux tonalités avant le répondeur : Marion avait donc rejeté mon appel, délibérément. Elle refusait de me parler et me le faisait savoir. Je n'ai pas laissé de message.

Dehors, la pluie tombait : c'était une averse de printemps. J'ai pensé au corps étendu sous la terre, sous la pluie, dans la forêt. J'avais besoin de me changer les idées, d'un peu de compagnie. Je suis monté dans la voiture et j'ai roulé jusqu'à PAPA POULE. Le barman était le même, la musique aussi, et les deux hommes qui discutaient près de la vitre. Mais Annette n'était pas là ce soir. Le barman, que j'ai interrogé, m'a répondu qu'elle ne viendrait pas. J'ai exprimé ma déception : où pouvais-je la trouver ? Le barman ne savait pas. Sûrement, il connaissait son adresse ? Il m'a dit que non, en secouant la tête, avec une moue peu avenante. Son obstination m'agaçait : avais-je une tête d'étrangleur de femmes ? J'ai glissé un gros billet sur le comptoir. Le barman m'a regardé droit dans les yeux, durement, en me demandant ce que c'était que ça. J'ai pris peur : ce n'était pas ainsi que les choses étaient censées se passer. Il a insisté, en haussant le ton : « Je vous ai posé une question, monsieur » – et les deux hommes installés près de l'entrée ont interrompu leur conversation, tourné la tête vers nous. J'ai fini par déclarer que je souhaitais commander un whisky. Le barman a refusé : d'après lui je n'étais pas en état de consommer de l'alcool. J'ai répété : « Pas en l'état… » Était-ce la façon qu'avaient les mots de sortir de ma bouche ? Le barman et les deux hommes ont souri. « Bien sûr que je suis en l'état… puisque l'État c'est moi… » Quelqu'un a dit que je ferais mieux de rentrer chez moi.

Dehors il ne pleuvait plus. Le jour commençait à se dissiper, doucement. Au loin, un liseré de soleil bordait la crête des montagnes. Je me sentais parfaitement bien. Je n'avais aucune envie de retourner à la maison. Retarder la nuit, rouler vers la lumière, en poursuivre les derniers reflets, là-bas, à l'ouest, c'était cela que je voulais. J'ai repris le volant. La route m'était familière. Je roulais très lentement. Les images que j'avais vues à la télévision me revenaient : la barque à la dérive, le crapaud, les deux lapins. Je connaissais ce film, j'en étais sûr, mais je ne me rappelais rien, ni le nom, ni l'histoire, ni les acteurs, et j'en étais d'autant plus contrarié que je me flattais d'avoir, en la matière, une excellente mémoire. Des sensations me revenaient, la fragilité, le danger, le mystère, tout était là, au bord de ma mémoire, et tout me fuyait, comme une barque entraînée par le courant qu'on voit passer de la berge.

J'étais arrivé à l'endroit où deux fois déjà, la veille, j'avais bifurqué, et de nouveau j'ai tourné. Il n'avait jamais été question – je m'en rendais compte à présent – d'aller ailleurs. Il faisait presque nuit quand je suis sorti de la voiture. Au bord du chemin poussaient des anémones. J'en ai arraché quelques-unes et je me suis enfoncé dans le sous-bois. J'ai dû m'aider de l'éclairage de mon téléphone pour retrouver l'emplacement où j'avais enterré la jeune femme. J'ai déposé les fleurs sur la terre fraîchement retournée. J'avais envie de creuser pour vérifier qu'elle était encore là, que c'était vrai, mais quelque chose me retenait, j'avais peur de ce que je verrais : le corps froid et bleu comme la nuit, la terre grouillante d'insectes. Je me suis contenté de poser la main, et de parler. Je disais n'importe quoi. Que nous étions, elle et moi, comme deux enfants dans une barque à la dérive. Qu'elle était mieux là que dans la cave. Que c'était moi qui devrais être à sa place. Que la terre était froide. Que la terre était chaude.

La pluie qui était tombée un peu plus tôt avait réveillé une odeur que je n'avais pas sentie la veille, plus puissante, plus humide que la senteur aigre-douce du muguet. Cette odeur m'enveloppait tout entier, elle s'enroulait autour de moi comme la langue d'un grand animal, et j'avais envie de disparaître dans la bouche humide et noire de la nuit, de me confondre avec elle, avec les arbres, avec la terre où reposait la jeune femme, avec le ruisseau que j'entendais couler en contrebas.

Ce qui suit, l'ai-je imaginé ? J'ai peine à croire que je l'aie fait, pourtant j'en ai le souvenir confus. Peut-être que les choses se sont passées ainsi, que je me suis relevé, que j'ai marché jusqu'au ruisseau, en tâtant le sol d'un pied prudent, comme si c'était l'épiderme d'un corps endormi – comme si toute cette région, avec ses montagnes aux cimes tassées, ses volcans, ses dômes arrondis était une gigantesque prisonnière endormie, prête à se réveiller, à briser d'un instant à l'autre ses chaînes. À mesure que j'approchais du ruisseau je percevais autour de moi, de plus en plus nombreux, des mouvements, des frémissements, des envols. Les feuilles des hêtres brillaient dans la nuit comme les écailles d'un poisson. La surface de l'eau, mouvante, scintillante, ressemblait au pelage d'un grand cheval noir. Le ruisseau sentait la boue fraîche. Je croyais entendre murmurer mon nom ; les sons coulaient mollement avec le courant. Je n'avais pas la force de résister à cet appel. Au contraire, je n'attendais que lui. J'ai plongé une jambe puis l'autre dans le ruisseau, j'avais de l'eau jusqu'aux genoux. Le froid me serrait les pieds et les mollets comme une paire de bottes trop étroites. Quelque chose me frôlait les jambes : j'ai cru d'abord que c'était un poisson, peut-être un serpent, avant de me faire à l'idée que ce n'était rien, rien que l'eau, la vie secrète et obstinée de l'eau. Je me suis baissé et je me suis trempé les mains pour m'en asperger le cou. Puis je me suis accroupi. J'étais immergé jusqu'aux épaules dans l'eau glacée. Plus rien ne pouvait m'atteindre parce que je n'étais plus rien moi-même : un enfant dans le ventre de la nuit, comme celle qui reposait, sous terre, à quelques pas de là, et dont je sentais, partout, la présence. Le monde l'avait assimilée. Et bientôt, si je restais dans le ruisseau, le monde m'absorberait à mon tour.

Le grand fracas, l'ai-je imaginé aussi ? Cela venait du sous-bois. Je suis remonté jusqu'au rectangle de terre où j'avais posé des anémones. Après une courte interruption le bruit a repris, épouvantable, tantôt proche et tantôt plus lointain. Je n'osais plus bouger. Je me suis souvenu du chevreuil que j'avais aperçu la veille dans les parages. Était-ce lui qui fracassait tout sur son passage, qui jetait ses dernières forces dans cette course panique ? À quel prédateur implacable tentait-il d'échapper ?

Un grand silence s'est fait dans la forêt. J'ai couru jusqu'à la voiture. Je grelottais. J'ai retiré mes vêtements, allumé le contact, monté le chauffage au maximum, et je me suis étendu un moment sur la banquette arrière.

Quand j'ai rouvert les yeux, l'horloge lumineuse du tableau de bord indiquait vingt-trois heures douze. Je serais bien resté plus longtemps mais je m'inquiétais pour l'essence et j'ai repris le volant – sans me rhabiller, je crois. Du trajet jusqu'à la maison, de mon arrivée, je n'ai aucun souvenir précis.

Je dormais, nu, sur le canapé du salon, quand on a sonné à la porte le lendemain matin. J'ai cru un instant que c'était l'agent immobilier à qui j'avais demandé de venir expertiser la maison ; un instant seulement.

MARDI 5 MAI

Dans le cadre d'une information judiciaire impliquant une personne de ma connaissance, l'homme qui se tenait devant moi allait procéder, m'a-t-il annoncé, à une perquisition. Il est entré dans les détails de l'affaire. M. François Saffre venait d'être mis en examen par un juge d'instruction du tribunal de grande instance de Nanterre pour abus de confiance, abus de biens sociaux, détournement de fonds, recel. On recherchait des documents importants ainsi qu'une forte somme d'argent liquide. Une perquisition menée la veille au domicile des Saffre n'avait donné aucun résultat. Cependant l'enquête avait permis d'établir une connexion entre Mme Saffre et moi : nous nous étions vus souvent ces derniers temps. Interrogée sur ce point lors de son audition devant le juge, Marion Saffre avait prétendu m'avoir confié ici même, le samedi 2 mai, ce que l'officier de police a appelé « des objets et documents utiles à la manifestation de la vérité ». Dès lors, en exécution d'une commission rogatoire délivrée par le juge d'instruction – il m'a tendu un papier à en-tête de la République française – il était autorisé à perquisitionner, si nécessaire sans mon accord, les lieux que j'occupais.

Elle l'avait promis, qu'elle me pourrirait la vie. C'était réussi. Des enquêteurs de police dans la maison même où je venais de tuer quelqu'un. J'ai dégluti, péniblement. Tout n'était pas perdu : ils cherchaient de l'argent, des papiers, rien d'autre. Ils n'étaient pas en quête d'empreintes digitales, de cheveux, de traces de sang. Ils ne trouveraient pas ce qu'ils n'étaient pas venus chercher. Il n'y avait pas lieu de s'inquiéter. Et quelque chose d'étrange, une espèce d'excitation démente, a remplacé la peur qui m'avait saisi. Oui, j'étais excité à l'idée de faire entrer cet agent. J'allais le voir s'activer comme un insecte, chercher de l'argent qui n'existait pas, sans se douter de rien, sans entrevoir l'ombre de la vérité, et je ressentais une sombre satisfaction à la pensée que c'était là ce qu'on appelle « travailler » – s'agiter sans rien trouver, se remuer sans rien comprendre, déployer son énergie pour des questions d'argent sans jamais voir l'horreur où nous baignons comme des poissons dans l'eau.

De toute façon je n'avais pas le choix :

« Je vous en prie, faites comme chez vous. »

Alors l'officier a fait entrer dans la maison ses agents aux mains gantées et il leur a ordonné de perquisitionner le rez-de-chaussée en commençant par le salon. Lui et moi sommes restés dans le couloir d'entrée d'où l'on entendait, à intervalles réguliers, le déclenchement d'un appareil photo. Une fois le salon libéré, l'officier m'a proposé que nous nous y installions jusqu'à la fin de l'opération. Je me suis assis dans le canapé ; il est resté debout, devant la fenêtre. Il ne m'avait accusé de rien mais je ne l'aimais pas : peut-être parce qu'il ne m'accusait de rien. Il consultait régulièrement sa montre, attirant mon regard sur ses mains qu'il avait grasses, glabres, très blanches, tachetées – des mains de femme rousse, que j'imaginais manipulant le museau vinaigrette et le pâté en croûte. De temps à autre, dans son oreillette, on lui communiquait des informations dont il accusait réception d'un mot bref.

Il y avait au mur du salon un chromo encadré – le genre d'image qu'on voit sans y prêter attention jusqu'au moment où le regard s'arrête dessus. Derrière les lamelles d'un store vénitien se détachait, à l'intérieur d'une pièce éclairée, la silhouette striée d'une femme. On imaginait un intérieur spacieux, confortable, moderne – le tintement des glaçons dans les verres à whisky, un air de jazz sur le phonographe, des meubles clairs, des invités peut-être. Mais la femme, tournant le dos à tout cela, regardait à travers le store, dans la direction du spectateur. Attendait-elle quelqu'un ? Était-elle cloîtrée chez elle par un mari tyrannique et jaloux ? Et celui qu'elle regardait, qui était-il ?

Trente minutes plus tard les agents sont montés à l'étage. On entendait juste au-dessus du salon, dans la chambre à coucher, un bruit de pas, de meubles déplacés. J'imaginais la chambre sens dessus dessous, le lit retourné, les tiroirs du secrétaire vidés l'un après l'autre.

On a dit quelque chose dans l'oreillette et l'officier a demandé qu'on lui apporte immédiatement. Un agent est descendu avec un bac en plastique où se trouvaient mon téléphone portable et un cahier à spirale. « Voyons », a dit l'officier en feuilletant le cahier. Et il a commencé à lire les quelques pages dans lesquelles, sous l'intitulé LA SITUATION – mais sans avoir le temps d'en venir à la situation proprement dite –, j'avais esquissé un portrait de mon père. Après un moment qui m'a paru interminable l'officier a relevé la tête et m'a demandé, sur un ton sarcastique et traînant, si je comptais en tirer un bouquin : on ne lisait plus que ce genre de pleurnicheries de nos jours, mon papa n'était pas gentil, pauvre de moi ; si j'arrivais à tenir sur deux cents pages je deviendrais peut-être riche et célèbre, ça valait le coup d'essayer ; à condition de trouver un titre un peu plus accrocheur.

Je me demande pourquoi il a réagi ainsi. Peut-être était-il un fils aimant. Peut-être avait-il souffert par la faute de son père mais en silence, sans se plaindre à personne. Peut-être n'avait-il jamais connu son père. Peut-être avait-il lui-même un fils qui lui posait des problèmes. En observant l'homme qui se tenait devant moi de la façon dont j'aurais contemplé les configurations successives d'un kaléidoscope, j'aurais pu trouver de quoi nourrir chacune de ces hypothèses : la raideur du maintien, la ride qui barrait le front, la tristesse enfantine du regard, les ongles rongés jusqu'au sang, la voix mélodieuse qui semblait émaner d'une autre personne. Tous les pères et tous les fils se bousculaient dans le corps de cet homme.

Je n'avais pas, m'a-t-il assuré, à m'inquiéter : mes œuvres complètes ne feraient pas l'objet d'une saisie. Le téléphone en revanche, a-t-il ajouté, serait saisi et analysé par un expert. Sans doute avait-il déjà connaissance, puisqu'il avait surveillé les communications de Marion, des messages que nous avions échangés depuis le début de notre relation. Qu'espérait-il trouver de plus sur mon téléphone, des photos, une correspondance avec un tiers ? De nouveau on a parlé dans son oreillette et une lueur de triomphe est passée dans son regard. On avait trouvé un coffre dans la chambre, est-ce que je connaissais la combinaison ? J'ai menti, j'ai dit que je l'ignorais. L'officier a donné l'ordre de percer. Je souriais intérieurement à la pensée de la maigre moisson qu'il allait récolter.

Comme le percement du coffre ne requérait qu'une seule personne, l'officier a ordonné aux agents restés libres de descendre perquisitionner le sous-sol. J'ai fait quelques pas dans le salon. Après m'avoir informé que j'étais libre de ne pas répondre à ses questions l'officier m'a demandé des détails sur la visite de Marion le samedi 2 mai. M'avait-elle confié quelque chose, une valise, un paquet, des enveloppes ? M'avait-elle parlé du marché public de l'éclairage nocturne des Hauts-de-Seine, de la société PERSÉPHONE, d'un établissement bancaire dont j'ai oublié le nom ? Avais-je entendu parler de la villa FANFRELUCHE ? Que savais-je des activités de son mari ? Mes réponses étaient invariablement les mêmes. L'officier s'est approché tout près de moi, si près que je pouvais respirer son parfum ambré, lourd, oriental, un parfum qui ne s'accordait ni à la texture de sa peau ni à sa physionomie. Je n'ai jamais su s'il comptait m'intimider ou me faire une confidence : on lui a parlé dans l'oreillette. Il est sorti du salon en me demandant de le suivre et il s'est dirigé vers la cave.

Qu'avaient-ils trouvé ? En arrivant dans la cave balayée par les faisceaux mobiles des lampes torches, j'ai pu vérifier que j'avais tout fait disparaître : le grillage, les meubles, les affaires de la captive, le survêtement rouge. Il ne subsistait de mes activités nocturnes qu'une légère odeur d'eau de Javel. L'espace était vide, à l'exception du bloc sanitaire en inox dont la présence était peut-être incongrue mais pas criminelle. Si on m'interrogeait à ce sujet, je pourrais toujours prétendre que mon père projetait d'installer une seconde salle de bains, ou alors qu'il s'agissait d'une œuvre d'art contemporain. Un agent nous faisait signe d'approcher. Je me suis répété qu'ils ne cherchaient ni traces de sang, ni empreintes digitales, ni rien de tel – uniquement de l'argent. Et c'est sans inquiétude que j'ai regardé la jeune femme aux cheveux bouclés indiquer à l'officier qu'il y avait non pas une mais deux colonnes de chute des eaux usées : celle à laquelle était raccordé le sanitaire en inox, et une autre qui descendait le long du mur opposé.

Je n'avais pas remarqué ce détail, mes préoccupations dans la cave ayant été d'une autre nature. La jeune femme a poursuivi : on trouvait dans certaines maisons deux conduites séparées, une pour les eaux ménagères et une autre pour les eaux-vannes, mais pas lorsque les effluents aboutissaient au tout-à-l'égout, comme c'était certainement le cas ici, en centre-ville. De plus l'emplacement de la seconde colonne ne paraissait pas logique car ni la cuisine, ni la salle de bains, ni les toilettes ne se trouvaient de ce côté de la maison. Et, tout en donnant sur cette colonne de petits coups répétés, elle affirmait qu'elle ne rendait pas le même son que l'autre.

Enfin, faisant allusion à une affaire récente dans laquelle des lingots volés avaient été dissimulés dans une fausse canalisation construite pour l'occasion, elle a émis l'hypothèse que peut-être il s'agissait d'un cas similaire. Elle avait un visage vif et pointu, un visage de bonne élève. Tant d'intelligence gaspillée dans des spéculations délirantes.

Pourtant l'officier a eu l'air de la prendre au sérieux. Il a donné des ordres qui impliquaient tantôt de faire couler l'eau partout dans la maison, tantôt de la couper. Puis c'étaient des vérifications à n'en plus finir, des taux d'humidité à mesurer, des furets qu'il fallait introduire, méthodiquement, dans toutes les canalisations. Je commençais à m'impatienter, les questions de plomberie m'ont toujours ennuyé. N'ayant rien avalé depuis la veille je me sentais fébrile. Surtout je supportais mal d'avoir à rester dans la cave, d'où l'officier dirigeait à présent les opérations. Des souvenirs me venaient, des images que je ne parvenais pas à contrôler. Il me semblait que c'était mon propre corps, mes artères, mes viscères qu'examinaient les agents. J'avais mal au crâne, ma nuque me faisait souffrir, je trépignais. Je m'imaginais hurlant : « Vous croyez que j'ai caché quelque chose dans ce tuyau ? Regardez ce que j'en fais, moi, de votre tuyau ! » – et, saisissant un maillet qui traînait dans un recoin de la cave, frappant la colonne de toutes mes forces, sans relâche, comme on achève un ennemi. Cette vision, à force de se répéter dans mon esprit, a fini par me calmer.

Après un délai qui m'a paru interminable, l'officier a conclu que la seconde colonne de chute n'était reliée à aucune autre canalisation, et il m'a demandé si j'avais connaissance de cette anomalie. J'ai regretté que mon père ne soit pas là. Il aurait pu leur expliquer, lui, et tout aurait été réglé en cinq minutes. J'ai répondu « non » et l'officier a déclaré que ce serait noté dans le procès-verbal de perquisition. Puis il m'a annoncé qu'on allait forer dans la colonne un trou de cinq millimètres de diamètre par lequel on introduirait une petite caméra filaire.

De nouveau il a fallu attendre pendant qu'on allait chercher l'équipement dans le fourgon garé dehors, qu'on connectait la caméra à un ordinateur portable, qu'on débattait de la hauteur où percer la colonne. Je me tenais un peu en retrait, sous la surveillance de la jeune femme. J'ai entendu le bruit de la perceuse, puis le silence tendu pendant qu'un agent introduisait la caméra dans le trou, puis l'officier, installé derrière l'écran de son ordinateur, qui disait « c'est bon, ça marche, vas-y, fais-la remonter… encore… encore… », et l'altération de sa voix lorsqu'il a dit « stop », comme s'il venait de mordre dans un œuf pourri.

À la demande de l'officier je me suis approché et j'ai vu sur l'écran lumineux de son ordinateur portable cette chose qu'on ne peut confondre avec aucune autre, un crâne humain.

Au même moment l'agent qui était resté dans la chambre pour percer le coffre a crié depuis les hauteurs de la maison : « eh, les gars, venez voir, c'est marrant », et la truite a entonné son chant d'insouciance et d'allégresse, *don't worry be happy, don't worry be happy, don't worry be happy.*

LUNDI 16 NOVEMBRE

Ce qui a suivi, je suppose que vous le savez plus ou moins comme tout le monde. Mon placement en garde à vue. Les premières observations de la police scientifique : les ossements découverts dans la colonne de chute sont ceux d'une femme morte quinze à vingt ans plus tôt. Une particularité de sa denture (il manque un tiers du maxillaire supérieur) permet aux enquêteurs de faire le rapprochement avec une personne portée disparue dix-huit ans plus tôt, rapprochement confirmé par des analyses plus poussées.

De cette femme on ne sait presque rien. Elle était, selon les termes de l'avis de disparition, « de type nord-africain ». Cette catégorie qui ne voulait rien dire pour elle, c'est tout ce qui nous reste d'elle aujourd'hui. Elle avait été aperçue pour la dernière fois à la sortie d'un centre hospitalier où elle avait reçu des soins. Elle n'était jamais rentrée au foyer d'hébergement où se trouvaient ses affaires. La direction du foyer avait signalé sa disparition aux autorités. On ne lui connaissait pas de famille.

Et vous savez la suite, le « macabre rebondissement » : les enquêteurs qui, passant la cave au peigne fin puisqu'il s'agit désormais d'une scène de crime, détectent au pied de l'escalier des traces de sang fraîchement versé. La vérification qui s'ensuit de tous mes faits et gestes depuis mon arrivée en ville. Le GPS de mon téléphone, dont l'historique oriente la police vers la forêt de Sans-Souci où on ne tarde pas à découvrir le cadavre mal enterré d'une jeune femme. Mes aveux. Ma détention provisoire dans une maison d'arrêt où j'attends d'être jugé pour complicité de séquestration, séquestration et homicide volontaire – ma version des faits, vous ne l'ignorez pas, est considérée comme invraisemblable et mensongère par l'instruction judiciaire.

L'ADN permet d'établir un lien de parenté directe entre les deux corps. La femme découverte dans la cave est la mère de ma victime. Une seconde série de tests révèle l'existence d'un lien de parenté entre ma victime et moi-même : nous avons un ascendant commun. Mon père avait une fille et je l'ai tuée.

Quand ces éléments ont été divulgués le directeur de la maison d'arrêt a décidé de me transférer dans une « cellule de protection d'urgence » que tout le monde ici appelle la cellule lisse. Pas de poignées, pas de patères, lit fixe, un téléviseur encastré dans le mur, un pyjama en papier déchirable. Le directeur craint que le choc ne soit « trop rude », que je n'aie pas « la force de résister ».

Je ne peux pas dire, pourtant, que j'aie été surpris d'apprendre ce que j'ai appris. Ou plutôt je n'ai pas éprouvé seulement de la surprise. Derrière la surprise il y avait autre chose, le sentiment que tout était logique, qu'une nécessité inéluctable enveloppait ces événements. Même mon aveuglement, même mon incapacité à soupçonner la vérité me paraissent à présent inéluctables – comme paraissent nécessaires à l'astronome, une fois qu'il a détecté la présence d'un trou noir, les phénomènes inhabituels observés autour de celui-ci.

Je me demande ce qu'en aurait pensé le type avec qui j'ai partagé quelque temps une cellule avant mon transfert. Il aurait certainement trouvé un moyen de tourner les choses à son avantage. Au début nous ne nous parlions pas. Un jour je l'ai vu revenir du parloir avec une pile de coupures de journaux. C'était sa mère, m'a-t-il expliqué, qui lui découpait les mots croisés, toutes les semaines. Tandis qu'il remplissait ses grilles je me suis souvenu du journal soigneusement replié, dans la cuisine, sur le plan de travail, et je lui ai demandé : qu'on ne dise plus qu'ils agacent les quenottes des moutards, sept lettres ? Dans un éclat de rire il a répondu *raisins* et il a ajouté : « On ne dira plus : les pères ont mangé des raisins verts, et les dents des enfants en ont été agacées. Mais chacun mourra pour sa propre iniquité. Tout homme qui mangera des raisins verts, ses dents en seront agacées. »

Je n'ai jamais ouvert une bible mais quand on m'en cite un extrait je sens tout de suite d'où ça vient – comme quand je passe devant une poissonnerie. Ça doit tenir à la façon dont c'est écrit, au rythme, aux images qu'on n'est pas sûr de bien comprendre. J'ai dû froncer les sourcils, d'ailleurs, parce que mon codétenu s'est fendu d'un commentaire. En affirmant que le mal n'est pas héréditaire, le prophète Jérémie voulait dire qu'il n'y a pas de fatalité, que chacun est libre et responsable de ses actes. Si nous étions incarcérés lui et moi, c'était à cause de la faute que nous avions commise et dont nous étions seuls responsables. Prétendre le contraire, c'était se bercer d'une illusion puérile. Nul ne pouvait refuser le fardeau de sa responsabilité. J'ai hoché la tête. Il a insisté : n'étais-je pas d'accord ?

Discuter avec un type qui cite la Bible, je ne sais pas comment faire. Je suis resté silencieux. La vérité c'est que je n'en sais rien. Quand je me remémore les premiers jours de mai, j'ai parfois l'impression qu'il y avait quelque chose, une force qui était en moi mais qui n'était pas moi.

Mon codétenu ne voulait pas lâcher le morceau. Ce n'était pas simple à accepter, il en convenait. C'était ce qu'il y avait de plus difficile au monde. Lui-même trouvait ça dur, trop dur pour un seul homme. Mais il trouvait aussi que c'était une chance d'être où nous étions. L'isolement, le silence, le temps nous aidaient à assumer cette responsabilité que la plupart des hommes ne faisaient que fuir leur vie durant. La plupart des hommes perdaient leur temps à élaborer des fantaisies, des illusions qu'ils essayaient de faire accroire aux autres, et ils mouraient après avoir fait semblant de vivre. Mais on ne vivait vraiment qu'après être mort à soi-même. On ne vivait qu'après avoir admis la souffrance causée par la lâcheté de notre cœur, par la faiblesse de notre chair, par l'insuffisance de notre amour.

Même en réfléchissant, comme vous me l'avez demandé, à ce qui m'est arrivé, je me rends compte que je ne me vois pas, que je ne saisis les choses que l'une après l'autre, de manière discontinue, comme les diapositives que mes parents projetaient au mur. Jeudi j'ai fait ceci, vendredi j'ai fait ceci, samedi j'ai fait ceci. Mon regard n'est pas capable de tout embrasser d'un coup d'œil. Je vois bien selon quelle étrange logique une chose a pu succéder à une autre, mais sitôt que j'approche d'une vision d'ensemble je ressens une espèce de vertige. Alors comment pourrais-je « accepter », « reconnaître » ou « assumer » quoi que ce soit ?

Mon codétenu est revenu à la charge : refuser la responsabilité, c'était aussi refuser l'espoir. J'ai trouvé étrange qu'il s'intéresse autant à mon sort et je le lui ai fait savoir. « Déformation professionnelle, a-t-il répondu, j'étais prêtre, avant. » En l'entendant prononcer ces mots d'une voix suave, j'ai pensé au personnage du film *La nuit du chasseur*, un révérend qui assassine des femmes et pourchasse des enfants. Et c'est alors que je me suis souvenu de la barque à la dérive, du crapaud, des deux lapins : c'était le même film, *La nuit du chasseur*. J'étais content d'avoir trouvé, et en même temps un peu troublé : je me demandais pourquoi je n'avais pas su, sur le moment, reconnaître ce film que j'avais pourtant vu deux ou trois fois. Cet enchaînement de pensées m'avait éloigné de la conversation. Mon codétenu a dû croire que je ne voulais plus lui parler, et nous en sommes restés là.

À mon arrivée en cellule lisse la douleur dans mon cou

a empiré. Je m'en suis plaint. Après m'avoir examiné le médecin a déclaré qu'il n'y avait pas de brûlure. Pas de brûlure ? Et pas de cadavre non plus, peut-être ? Pas de cage ? Pas de bougeoir ? Je la sentais, moi, la brûlure ! J'ai supplié le médecin de ne pas me laisser brûler tout seul.

Quand il a appris cet incident mon avocat a décidé de faire appel à votre expertise afin de déterminer si je souffre ou non d'un « trouble anxieux généralisé », voire d'un « trouble dissociatif » qui pourrait éventuellement motiver une réduction de ma peine, au procès. Pour justifier sa demande, il a évoqué aussi les épisodes de terreur nocturne qui, paraît-il, troublent mon sommeil et dont la turbulence impressionne les gardes chargés de ma surveillance. Ainsi qu'une étrange déclaration que j'aurais faite aux policiers lors de mon interrogatoire : « Je crois que je n'étais pas préparé à vivre des choses aussi précises. » Je ne me souviens même pas d'avoir dit ça, je devais être épuisé. L'avocat a également retrouvé la trace des trois semaines que j'ai passées, à vingt ans, en hôpital psychiatrique. Je me demande comment il a su. Ce n'est pas moi qui lui en ai parlé. Cette stratégie de défense me gêne. Je ne veux pas plaider l'irresponsabilité pénale.

« Mais quand on vous parle de libre arbitre et de responsabilité personnelle, vous trouvez l'idée naïve. En somme, il n'y a pas de mot qui corresponde à la manière dont vous envisagez les actes que vous avez commis. Comme s'il y avait un vide dans le vocabulaire, c'est ça ? » C'est une des choses que vous m'avez dites lors de votre première visite. Un vide dans le vocabulaire, j'ai aimé cette expression, cette idée. Pour la première fois depuis longtemps j'ai eu l'impression que quelqu'un me parlait. J'ai aimé aussi le calme de votre regard, la douceur de votre langage, votre patience.

Vous êtes revenue et nous avons parlé plus longtemps. Vous avez fait observer que j'avais tendance à me poser des questions destinées à rester sans réponse : la femme « de type nord-africain », qui était-elle, d'où venait-elle, à quoi rêvait-elle, la nuit, dans sa cage ? Pourquoi mon père l'avait-il enlevée dix-huit ans plus tôt ? Est-elle morte en accouchant, est-ce lui qui l'a tuée, s'est-elle donné la mort ? Comment a-t-il réussi à installer la cage dans la cave ? Où avait-il caché la clef ? Quelles étaient ses relations avec sa fille ? Lui arrivait-il de la sortir, de la promener ? Vous avez dit que je ne cesserais pas, durant les années qui me restent à vivre, de me demander comment ce qui s'est passé a pu se passer. Et vous avez pensé qu'il serait bon, en attendant mon procès, que je me concentre sur les faits, sur ce que j'ai vécu, moi ; que j'essaie de retracer, pas à pas, en commençant par le commencement, le chemin qui m'a conduit (et vous avez hésité, par délicatesse ? sur le choix des deux derniers mots) jusqu'ici.

Il m'est très difficile de me concentrer. Je pense à tout sauf à moi-même. Aux autres, beaucoup ; parfois même, je leur parle à mi-voix. J'ai l'impression de mieux les connaître, de les comprendre. Je pense à la femme « de type nord-africain ». Parfois, fugitivement, j'arrive à me la représenter : amaigrie, l'œil hagard, au sortir d'un hôpital. Elle tousse, elle marche dans la boue, dans le brouillard ;

une voiture s'approche lentement, s'arrête à sa hauteur. Je pense à ma victime – maintenant que c'est moi qui suis enfermé, il me semble que je saurais comment lui parler, qu'elle est là, entre les murs, avec moi, pour toujours. Je pense à mon père. Après ma première nuit dans la cellule lisse, j'ai eu, au réveil, une impression étrange. Je me suis dit que j'étais à l'intérieur de mon père, que cet homme avait vécu toute sa vie dans une sorte de cellule lisse. Cela vous semble peut-être obscur, mais à moi cela paraissait très clair – aussi limpide que le regard de Jérôme Duroselle. Je les revois souvent en pensée, les yeux bleus, tristes, confiants, légèrement écarquillés de Jérôme Duroselle. Il sera sans doute appelé à témoigner lors du procès. Il doit être accablé. Il ne s'en remettra jamais. Les quelques années qui lui restent à vivre, ses yeux seront écarquillés par une perplexité sans remède. Marion ? Marion s'en remettra. Elle a plus de temps devant elle, et d'autres soucis. On parle de son mari, parfois, à la télévision. L'affaire suit son cours. Je me demande si elle pense à moi. Je me demande comment elle s'habille en cette saison. Je l'imagine avec un imperméable, des bottines. Elle doit porter une écharpe. Novembre. La grisaille, la pluie, les jours qui raccourcissent. Vers six heures, à la nuit tombée, les phares des voitures, les lumières qui s'allument, les cafés qui se remplissent. On vient de commercialiser un nouveau modèle de téléphone portable ; il s'en vend des millions. À PHONE SWEET PHONE, le vendeur récemment embauché fait pivoter son tabouret tandis que Franck lui parle de ses projets pour Noël.

Mais plus je pense aux autres, moins je pense à moi. De toute façon, je vous l'ai dit, chaque fois que j'essaie de me souvenir, c'est un début différent qui me vient à l'esprit. Pas plus tard que la nuit dernière – je n'arrivais pas à m'endormir – un souvenir m'est venu. J'avais sept ou huit ans, mon père avait décidé de m'initier à la pêche à la ligne. Il m'avait conduit, en fin d'après-midi, au bord d'un étang. Nous portions des bottes en caoutchouc. Il guidait chacun de mes gestes, m'encourageait à rester calme, à prendre mon temps. « Le plus important, avait-il dit, c'est d'agir au bon moment », et, comme il le faisait souvent, il avait répété à mi-voix, dans le sillage de sa phrase, « agir au bon moment ». Un poisson – un gardon, je crois – avait mordu à l'hameçon et mon père m'avait aidé à le pêcher. Sa main posée sur mon épaule, je regardais le poisson frétiller sur l'herbe du rivage. Et tantôt je détournais les yeux, tantôt je les fixais sur cet animal sans âge, un peu effrayant, un peu grotesque, qui se débattait en vain, qui mourait d'être à l'air libre. J'ai demandé à mon père qu'on le remette à l'eau. En riant il a saisi le poisson par la queue et il lui a fracassé la tête sur un rocher. J'ai levé les yeux vers lui, j'ai souri et j'ai serré sa main, très fort.

La nuit dernière, au bord du sommeil, j'ai pensé qu'il était peut-être là, le début, ou plutôt qu'il n'y a pas de début parce que je n'ai jamais fait que répéter le même choix, vivre et revivre la même situation, le même instant où je découvre que mon père n'est pas bon mais que je veux pourtant rester son enfant.

Composition CMB/PCA.
Achevé d'imprimer
par l'Imprimerie Floch
à Mayenne, le 26 mars 2015.
Dépôt légal : mars 2015.
Numéro d'imprimeur : 88234.

ISBN 978-2-07-014908-7 / Imprimé en France.

281930